KB263441

영노마당

김해 가락오광대

김해민속예술보존회

김해 가락오광대

김해민속예술보존회

김해 가락오광대

2004년 10월 15일 초판 1쇄 인쇄
2004년 10월 20일 초판 1쇄 발행

지은이   김해민속예술보존회
펴낸이   박찬익
펴낸곳   도서출판 **박이정**

편지부   이수남
영업부   김재룡
130-070 서울시 동대문구 용두동 129-162
전화 922-1192~3 팩스 928-4683
홈페이지 http://www.pjbook.com   E-mail : book@pjbook.com
온라인 : 국민 729-21-0137-159
등 록 : 1991년 3월 12일 제1-1182호
ISBN 89-7878-760-6   03810   가격 12,000원

우리 고장 김해는 금관가야의 고도와 철기 문화의 발원지로서 김수로왕과 허왕후의 유적과 유물이 산재해 있고, 낙동강 하류의 중심지로서 해양문화와 농경문화가 공존하고 있는 고장이다.

지금의 김해는 인구 50만에 가까운 대도시로 변천하여 김해의 역사문화를 국립김해박물관과 대성동 고분박물관 등에서 그 숨결을 느낄 수 있다. 그러나 아무리 토양이 좋을지라도 가꾸지 않으면 결실을 거둘 수 없듯이 우리의 김해문화도 가꾸지 않으면 어둠 속으로 사라지고 말 것이다.

개인적으로 회고해 보면, 촌부의 아들이요 옛 조상님들의 농경문화를 몸소 체험하고 자란 마지막 세대로서 잊혀져가는 농요를 수집하면 먼 훗날 후학들의 교육 자료로 삼을 수 있을까 싶어서 시작한 것이 오늘날 김해의 전통문화를 발굴하고, 계승 발전시켜 나가는 김해민속예술보존회 80여 회원의 대표자가 되어 김해 가락오광대에 관한 책을 발간하면서 그 발간사를 쓰기에 이르렀다. 그러나 영광스러움보다는 두려움을 느낀다는 것이 솔직한 표현이 될 것 같다.

남부형 민속가면극에 속하는 김해 가락오광대를 1984년도부터 재연을 시작하여 어려운 여건에도 불구하고 오로지 김해인의 자긍심과 사명감으로 오늘날까지 지켜왔다. 그 결과 김해 가락오광대가 우리 김해인들의 생활 속에서 살아 숨쉬는 놀이문화로 발돋움할 수 있었고, 우리 고장의 유형문화재와 함께 문화공간을 이룸으로써 전통문화의 소중함을 일깨워주는 대표적인 무형문화재가 되었다. 김해 가락오광대는 다른 지역의 탈놀음과는 뚜렷이 구별되는 독자성을 지닌 채 우리 김해지역의 옛 정서 및 서민의 삶과 애환이 담겨져 있어서 김해의 정신문화와 조상의 생활문화를 찾아 볼 수 있다.

민속학자 송석하 선생이 1930년대에 수집한 탈들이 국립민속박물관과 국립중앙박물관에 12점이 소장되어 있으며, 최상수 선생이 채록한 대본이 전해지고 있어서 김해 가락오광대의 역사적인 근거를 제공해 주고 있지만, 탈을 재조사하여 다시 제작하였고, 학술논문발표회, 시연과 평가회, 민속조사 보고회 등을 통하여 김해 가락오광대의 역사성과 예술성을 전반적으로 검토하였으며, 그 결과를 세상에 널리 알리기 위하여 이 책을 발간하게 되었다. 이 책의 출판을 성원해주신 송은복 김해시장 및 박 용일 김해시의회 의장과, 아낌없는 지도를 베풀어주신 박진태 교수(대구대학교)와 김열규 교수(계명대학교 석좌교수)를 비롯한 여러 민속학자들에게 깊은 감사를 표한다.

끝으로 독자 여러분들이 아낌없는 조언을 해주신다면, 우리 김해 가락오광대는 김해 지역문화로서만이 아니라 한국 탈놀이문화로서도 당당한 모습으로 거듭 태어날 것을 약속하는 바이다.

2004년 10월 1일

김해민속예술보존회장   김 재 걸

《 축간사 》

　　우리 지역의 민속놀이인 '김해 가락오광대'를 체계적으로 정리하여 책으로 엮어 발간하게 된 것을 진심으로 축하드리며, 이 책을 발간하기 위해 애써 오신 김해민속예술보존회 김재걸 회장을 비롯한 회원 여러분의 노고를 치하하고 감사드립니다.

　　김해 가락오광대는 1937년 일제 강점기의 문화 말살 정책으로 중단되었다가 1984년 당시 김해문화원 원장인 고 류필현 선생이 발굴하여 재연하였고, 그 후 탈의 고증 등을 거쳐 오늘에 이르고 있습니다.

　　구성은 모두 6마당으로 되어 있으며, 당시 양반계급 사회의 모순과 갈등을 해결하고 새로운 세계를 열고자 하는 개혁의지를 직설적으로 표현하지 않고 탈과 덧베기춤을 매체로 하여 해학적으로 풀어가고자 한 우리 김해지역 고유의 민속놀이입니다.

　　김해 가락오광대 속에 흐르는 진취적인 기상과 창의적인 정신은 근래에 와서 조성된 것이 아니고, 멀리는 가락국 수로왕의 창국정신과 인도의 허황옥을 맞이한 개방정신 및 거등왕이 초선대에서 참시선인과 가야금을 타고 놀던 풍류정신에서 비롯된 것이라고 봅니다.

　　이처럼 김해 가락오광대 속에서 우리 김해지역 정신문화의 뿌리를 찾아볼 수 있기에 많은 분들이 애정을 가지고 보존하고자 노력해 왔으며, 이제 드디어 그간의 성과를 집대성하여 책으로 발간하게 됨을 다시 한번 전 김해시민과 함께 축하하며, 편집에서 출판에 이르기까지 참여하신 모든 분들께 심심한 감사를 드립니다.

2004년 10월 1일

김해시장　송 은 복

《 축간사 》

　　우리 김해인의 얼과 멋이 살아 있는 민속탈놀이 '김해 가락오광대'의 원형을 재정립하고 문화재적인 가치를 부각하기 위한 "김해 가락오광대"의 발간을 진심으로 축하합니다.

　　우리 민족이 가진 특유의 한과 예술성을 기반으로 하는 행위예술의 복원을 통해 민족의 정통성을 유지·발전시키는 데 있어서, 유·무형 문화의 발굴이 참으로 중요시되는 시기에 즈음하여, 전통 예술의 혼을 일깨워 줄 책자의 발간을 매우 뜻 깊게 생각하면서, 그 뜻하는 목적에 충분히 부합하기를 진심으로 기대해 마지않습니다.

　　이 한 권의 예술지가 우리 김해에서 전래되어온 풍습과 전통, 그리고 독창적인 삶의 되돌아보기를 통해 새로운 문화를 창조하고 발전시키려는 문화도시 김해의 근간을 더욱 튼튼히 하는 데 일조해 주리라 믿습니다. 그리고 이 책의 출판이 김해시민들이 우리 문화유산을 더욱 아끼고 향토문화를 창달하고 보전하며, 김해지방 전통문화를 전승함에 있어서 새로운 장을 여는 이정표가 되리라 믿습니다. 더 나아가선 우리 김해지방의 경제를 보다 활성화하고, 대외적인 경쟁력을 강화하고, 시민의 삶의 질적 수준을 높이는 결정적인 계기가 될 것이라고 믿습니다.

　　그 동안 노고를 아끼지 않으신 김 재걸 김해민속예술보존회장과 관계자 여러분에게 감사의 말씀을 드리며, 김해 가락오광대가 중요무형문화재로 지정되는 데 이 책이 크게 기여할 것을 두 손 모아 간구합니다.

2004년 10월 1일
김해시의회 의장　박 용 일

경남지방의 탈놀이가 모두 초계 밤마리오광대와 의령 신반오광대에서 분파된 것으로 보는 견해도 있지만, 낙동강 동편의 들놀음(수영, 동래, 부산진)과 서편의 오광대(통영, 고성, 진주, 가산, 합천 초계, 의령 신반, 마산 등지)가 계통을 달리한다는 주장도 있다.

그러나 오광대라 하더라도 통영과 고성의 오광대는 가산과 진주의 오광대와 치이점을 많이 드러낸다. 그런데 김해 가락오광대는 이들 두 유형과도 다른 모습을 보여 제3의 유형을 설정해야 할 판이다. 이저럼 김해 가락오광대는 경남지역 탈놀이의 영향을 두루 받았으면서도 지역적인 특색을 보이는 독특한 탈놀이유산이다. 이를테면 노름꾼마당이 성립되어 있지만 노름꾼이 진주·가산오광대와 달리 문둥이가 아니며, 사자가 담비를 잡아먹는 것은 수영들놀음과 동일하지만 할미가 아니라 영감이 죽는 것은 가산오광대와 일치한다.

그럼에도 불구하고 김해 가락오광대는 1980년대 발굴과 재연 과정이 순조롭지 못하였고, 이런 까닭에 학문적인 조명을 제대로 받지 못하였으며, 무형문화재로 지정될 기회도 갖지 못하였다. 그리하여 한(恨)이 많고 원(怨)이 많은 탈놀이가 되었다. 원래 탈놀이가 한과 아울러 신명을 푸는 놀이이지만, 김해 가락오광대는 유달리 한탄과 원망을 간직하게 된 것이다.

김해 가락오광대는 류필현(1925-2000) 전 김해문화원장이 현지조사를 실시하던 1984년만 하더라도 연희자들이 상당수 생존해 있었다. 그러나 죽림마을에서의 재연이 아니라 김해문화원에서 전수를 받는 쪽으로 방향이 설징되는 바람에 죽림리 동민이 아니라 김해민속예술보존회에 의하여 전승의 맥이 이어지게 되었다. 그리고 그 당시 발굴과 계승 작업에 침여하였던 김덕명(金德明; 1924.3.22- , 경남 한량무 기능보유자)씨가 아직도 산 증인으로서 연결고리 역할을 하고 있다.

이렇듯이 구지봉 위에서 "거북아! 거북아! 머리를 내어라. 아니 내면은 불에 구워서 먹겠다."고 노래를 불러 김수로 신군(神君)을 맞이하던 옛 가락인들의 신명과 예술정신을 물려받은 오늘의 김해민속예술보존회 회원들이 한과 신명을 춤과 재담으로 풀어내는 지혜와 솜씨를 발휘하고 있어 한 가닥 서광이 김해에서 세상을 향하여 뻗치고 있는 것이다.

이 책은 답보 상태에서 혼미와 좌절감에 빠져 있던 전수 활동에 활력을 불어넣기 위하여 1930년대 송석하 선생이 수집한 탈들(국립박물관과 국립민속박물관 소장)을 정밀 조사하여 재현하고, 김해 가락오광대의 연극적 특징과 문화적·역사적·경제지리적 배경에 대한 학술대회(2004.5.15), 시연과 평가회(2004.7.31-8.1), 죽림마을의 민속조사 보고회(2004.8.27) 등과 같은 고증과 학술적 조명을 거치면서 실체를 규명하고 이해를 심화시켜온 일련의 작업의 산물이라는 점에서 김해 가락오광대만이 아니라 한국 탈놀이 문화의 연구사에서 그 의의가 자못 크다.

부디 이 책의 발간을 계기로 하여 금관가야의 철기문화와 도자기문화의 꽃을 찬란하게 피우고, 제천의식(천신맞이-수신맞이-혼례)과 김수로신화와 구지가와 같은 공연문화와 언어예술의 유산을 남긴 가락인들의 후예 김해민속예술보존회가 그 동안 흘린 피와 땀과 눈물의 보람이 있길 축원하고, 앞으로 김해 전통문화 지킴이의 자부심을 가지고 보다 성숙하고 당당한 모습으로 눈부신 활약상을 보여주길 당부하는 바이다.

2004년 9월 24일
박 진 태 (대구대학교 교수)

제2부 김해문화의 표상, 오광대는 무엇인가?

제3부 신화와 탈춤의 고장, 김해는 어떤 땅인가?

제1부

21세기의 가락인,
왜 오광대를 노는가?

1. 김해 가락오광대의 어제와 오늘

김재걸

1. 김해 가락오광대의 역사

김해 가락오광대는 김해군 가락면 죽림리(현 부산시 강서구 가락동 죽림리, 1986년 편입)에서 전승되어 내려오던 김해지방의 대표적인 탈놀이이다. 송석하와 최상수는 1890년경에 동래들놀음과 초계오광대가 전래한 것으로 보고하였으나, 이 지역에 마을이 형성된 것이 1700년(숙종26년)이므로 성립 시기도 더 소급해 올라갈 수 있으며, 토착적인 마을굿을 토대로 형성된 탈놀이가 다른 지역의 영향을 다양하게 수용하여 발전한 것으로 보는 견해도 있다.

'일제 강점기 시대에는 민족문화 말살정책에 의해 1937년에 중단되었다가 오랜 휴지기를 거친 후 1983년에 이르러서야 당시 김해문화원장이었던 류필현이 군지와 도지 등에서 김해 가락오광대를 발견하고서 홍관표(당시 부원장, 현 김해문화원장) 등과 함께 재연 작업에 착수하게 되었다. 그리하여 1984년 9월에 가락면 죽림리의 경로당을 찾아 당시 놀았던 연희자들을 만나 재연할 것을 요청하여 전수받게 되었다. 그때 류필현은 김덕명(현 경남 무형문화재 제3호 한량무 보유자)에게 춤, 동작 등을 맡아 달라고 요청하였고, 1995년에는 당시 김해시장이던 유병탁이 김덕명에게 직접 위촉장을 수여하면서까지 재연을 위한 조사와 전수 작업을 지원하였다. 그때 MBC 취재기자 전정호(현 마산MBC 보도국장)가 현지 취재를 맡았었다.

김해 가락오광대의 재연에는 우리 나라 최초의 민속학자인 송석하 (1904-1948)가 수집한 가락오광대 탈 12점이 국립중앙박물관에 소장되어 있어서 탈을 재현하는 데 있어서 큰 힘이 되었으며, 최상수가 채록한 대본이 남아 있어 재연의 근거를 확실하게 뒷받침해주고 있다.

이러한 탈의 보존과 대사 채록본의 존재는 오광대를 놀았던 연희자들의 고증과 더불어 오광대를 재연하려던 후배들에게 큰 격려가 되었다. 재연 당시 조장수 (1890-1929)의 아들 조광화(1919-1988)가 말뚝이 역을, 김상기(1907-1988)가 영노 역을, 하문찬(1911-1994)이 노장 역을, 곽성준(1917-1990)이 양반 역 등을 증언하여 원형에 충실한 재연에 앞장섰다. 류필현과 김덕명에 의하면 재연 당시 이동근(일명 이영택)은 실명 상태인데도 불구하고 부축을 받으며 경로당으로 나와 쇠가락 악을 전수하였으며, 가락오광대에 대한 고증의 열의가 대단하여 고령의 몸인데도 불구하고 재연에 헌신적으로 협조하면서 반드시 가락오광대의 명맥을 이어가기를 신신당부하였다고 한다.

지금의 김해 가락오광대의 역사성 내지 전승 계보는 1984년 이전에 놀았던 원학선(1956년, 총지휘), 이화복(말뚝이 역), 신성칠(1856-1934, 비비양반 역, 작은이 역), 곽윤학(1871-1943, 꽹과리), 김응윤(1888-1944, 노장 역, 노름꾼 역), 박대봉(1892-1964, 꽹과리, 상여 앞소리), 조장수(1890-1928, 징, 북), 안임술(1892-1954, 상여 앞소리)등이 제1대 연희자라면, 제2대 연희자는 재연 당시의 연희자 조광화, 김상기, 하문찬, 곽성준 등으로 볼 수 있으며, 제3대 연희자는 죽림리에서 가락오광대를 전수받은 그룹으로 류필현이 꽹과리, 북, 장구, 징, 재담 등을, 홍관표가 탈, 의상, 도구 등을, 김덕명이 춤, 동작 등을 김해문화원으로 들여와 1984년-1990까지 전수시킨 최월희(종가양반, 담비) 등이 제3대 연희자라 할 수 있다.

제3대 연희자들의 첫 재연은 1984년에 김해군 이북면(현 한림면)에서 첫 공연을 가졌으며, 오광대 원형의 맛이 풍긴다는 여론에 힘입어 지속적인 재연을 위한 노력의 일환으로 1990년 제22회 경상남도 민속예술경연대회에 처

사진1 - 죽림리 마을 사람들(1983년) 맨앞줄 왼쪽부터 곽정구, 배영순, 하문찬, 김상기, 조광화, 윤용관, 이동근, 목진수

사진2 - 현지조사 장면(1991년)(우측의 베레모를 쓴 사람이 류필현 문화원 장이고, 그 분의 우측 두 번째가 이명식 현 보존회 부회장이다.)

사진3 - 류필현(전 문화원장, 좌측의 말채찍을 든 사람)씨가 회원들을 연습시
키고 있다. 우측에 서 있는 사람은 양만근(할매 역)이다. 양만근의 우
측으로 김연홍(세번째)와 정용근(네번째)이다.(1997년)

사진4 - 1996년도 경남 민속예술경연대회에서 최우수상을 수상하고 즐거워하
는 오광대 연희자들. 검은 두루마기를 입은 사람이 류필현 씨.

음 출전하여 장려상을 수상하였다. 1995년 10월 20에는 김해 문화체육관에서 대대적인 공연을 함으로써 김해 가락오광대가 김해지방의 전통민속놀이로 확고하게 자리매김을 한 전기가 되었는데, 이때부터 더욱더 정확한 고증을 위하여 남성 위주로 연희자를 구성하였으며, 1995년 제27회 경상남도 민속예술경연대회에서 장려상을 수상하였다. 그리고 이듬해 제28회 경상남도 민속예술경연대회에서는 마침내 최우수상을 수상하기에 이르렀다. 1997년에는 전국민속예술경연대회에 진출하여 장려상을 수상하였으며, 또한 광주비엔날레(1996년), 원광대학교 총부의 초청공연(1997년), 경주세계엑스포(2002년, 2003년), 안동국제탈춤페스티벌 초청공연 등 국내의 각종 행사는 물론이고 국제적인 행사 에도 참여하여 김해 기락오광대를 널리 알리는 계기로 삼았다. 그렇지만 이에 만족하지 않고 철저한 고증 작업과 완벽한 재연을 위하여 2003년부터 전문가를 초청하여 자문을 받는 한편 2004년부터 김덕명을 다시 영입하여 덧베기춤과 동작을 지도받는 등 전 회원들이 일치단결하여 땀 흘려 노력하고 있다.

1990년-2004년 현재 제4대 김해 가락오광대의 연희자 및 악사는 다음과 같다.

제1과장(중과장) ▷ 노장역 : 김동오 /상좌역 : 김현숙
제2과장(놀음꾼과장) ▷ 노름꾼1 : 이명식/노름꾼2 : 양만근
　　　　　　　　　　 /노름꾼3 : 박정석/노름군4 : 장창익
　　　　　　　　　　 /주색 : 신원이/어딩이 : 천승호/포졸 : 김덕명
　　　　　　　　　　 /무시르미 : 인형
제3과장(양반과장) ▷ 종가양반 : 정용근/모양반 : 김동오
　　　　　　　　　 / 애기양반 : 박영보/말뚝이 : 김재걸
제4과장(영노과장) ▷ 상주선산양반 : 이명식/영노 : 박정석
제5과장(할미영감과장) ▷ 할미 : 양만근/영감 : 김연홍/작은이 : 천승호
　　　　　　　　　　　 /의원 : 조기환
　　　　　　　　　　　 /봉사 : 이명식/무당 : 김정숙

/상여앞소리 : 김재걸/상두꾼 : 11명

제6과장(사자무과장) ▷ 사자머리 : 정용근/사자몸통 : 김동오

/사자꼬리 : 천승호/담비 : 박정석

악사 ▷ 상쇠 : 이수진/ 징 : 문우술/ 북 : 김봉학, 이상근, 최인규, 장창익

/장구 : 김연홍, 이상배, 강익중, 김 박/태평소 : 박정석

탈 제작 : 조명숙

탈 고사 : 조기환

2. 김해 가락오광대의 탈

홍관표(현임 김해문화원장)가 김해 가락오광대의 탈, 의상, 도구등을 찾기 위한 수소문 끝에 국립중앙박물관과 민속박물관 수장고에 보관되어 있다는 사실을 알아내고, 탈을 촬영하고 실측하여 제작에 들어갔다. 그러나 탈 제작 과정에서 엄밀한 고증 작업을 거치지 않았을 뿐만 아니라 경험의 부족으로 왜곡된 부분이 많다는 지적을 받게 되어서 2002년에 다시 국립중앙박물관과 민속박물관에 소장되어 있는 탈들을 촬영하고 실측하여 다시 제작하게 되었다. 촬영 및 실측에는 김재걸 회장, 정용근 사무국장, 조명숙 탈 제작자, 김경구 김해문화원 주임(촬영기사)이 참가하였다. 이때 제작된 탈의 고증 과정에서 몇 가지 문제점들이 발견되어 2003년에 박진태 교수(대구대학교)와 조명숙 탈 제작자가 다시 국립민속박물관의 원본과 현재의 복제품을 정밀하게 대조하여 새로 제작한 탈들이 현재 김해민속예술존회의 탈 전시실에 보관된 채 공연에 사용되고 있다.

사진5 - 김해민속예술보존회의 오광대놀이패.
　　　　　뒷줄 중앙의 말뚝이 역을 맡는 이가 김재걸 회장이다.

사진6 - 김해민속예술보존회 사무실(김해문화원) 안의 탈전시관

사진7 – ①바가지에 눈·코·입을 그린다.

사진8 – ②눈과 입의 구멍을 뚫고, 코를 붙인다.

사진9 - ③흰 한지를 바른다.

사진10 - ④물감을 칠한다. (탈 제작자 조명숙)

사진11 - 노장

바가지 / 높이29cm / 너비 24cm 얼굴은 흑갈색을 띠고 이마에는 3개의 흰 주름이 있다. 눈썹은 검고 길게 붙어 있고, 눈은 붕어 모양이고, 코는 부처님 코 모양이며, 입술은 붉고 벌럼하고 길쭉하다. 입 주위에 수염은 흰색으로 솟아난 듯 많이 찍혀 있다.

사진12 - 상좌

바가지 / 높이23cm / 너비21cm 얼굴은 흰색이고, 눈썹은 가늘게 그
려져 있고, 눈은 붕어 모양으로 눈 가장자리는 검고, 코는 갸름하고, 입은
웃는 형상을 띠고 있으며, 입술은 붉다.

사진13 - 노름꾼
바가지 / 높이25cm / 너비23cm 얼굴은 상아색을 띠고, 오른쪽 볼에
는 둥근 붉은 점이 솟았고, 얼굴 군데군데 검은 점이 있다. 눈썹은 궁형
(弓形)이고, 눈은 올챙이 모양으로 왼쪽의 눈 꼬리가 아래로 향하고, 오
른쪽은 위로 치켜 올라가 있다. 코는 세모꼴로 오뚝 솟아있고, 콧구멍은
뚫렸다. 큰 입은 오른쪽으로 올라갔으며, 붉은 색과 검은 색을 띠고 있다.

사진14 - 노름꾼 2
바가지 / 높이24cm / 너비20cm 얼굴은 회색을 띠고 눈썹은 아래로
처져 있으며, 눈두덩은 갈매기 모양으로 생겼고, 눈은 처져 뚫려 있고, 코
는 평평하며, 입술은 두툼하고, 입온 반달처럼 뚫려 있다.

사진15 - 노름꾼 3
바가지 / 높이23cm / 너비20cm 얼굴은 푸른색을 띠고 양 볼에 검은
털이 띄엄띄엄 붙어 있고, 눈썹은 일자모양으로 가죽털이 붙어 있고, 눈은
동그랗게 흰색으로 솟아 있고, 코는 평평하고, 콧수염과 턱수염은 검은 털
을 붙이었다. 입술은 두툼하고 반달형이다.

사진16 - 노름꾼 4

바가지 / 높이25cm / 너비23cm 얼굴은 노란색을 띠고, 오른쪽 볼에
는 붉은 점이 동그랗게 붙었고, 눈썹은 잔털 모양으로 검게 그려져 있고,
눈은 올챙이 모양으로 왼쪽은 아래로 향하고 오른쪽은 위로 향해 있다. 코
는 세모꼴로 오뚝하게 솟았고, 콧구멍은 뚫렸다. 입은 초승달 모양으로 길
게 그려져 붉은 색과 흰색을 띠고, 귀는 고사리 순 모양으로 그려져 있다.

사진17 – 주색탈

바가지 / 높이23cm / 너비20cm 얼굴은 주홍색을 띠고, 눈은 흰색을 띠며 왼쪽 눈꼬리는 위로 향하고 오른쪽 눈꼬리는 옆으로 향하고 있다. 코는 작게 붙었고, 입은 동그랗고 희며, 붕어입 모양이다.

사진18 - 어딩이

바가지 / 높이22.5cm / 너비21cm 얼굴은 진한 회색을 띠고, 눈썹은
이마에 털가죽을 붙이었다. 눈은 도끼눈으로 눈꼬리가 위로 치켜 향해 있
고, 코는 길고 가운데는 함몰되어 있고, 코밑에 달라붙은 입은 작게 뚫렸
고, 입술은 두텁고 비뚤어졌다. 입술 중앙에는 털을 길쭉하게 붙이었다.

사진19 - 무시르미

바가지 / 높이17cm / 너비17.5cm 얼굴은 주황색을 띠고, 눈썹은 검고 가늘게 그렸으며, 눈은 노란색으로 동그랗게 솟아 있다. 코는 일자형으로 붙어 있고, 입은 노란색으로 동그랗게 솟아 붙어 있다.

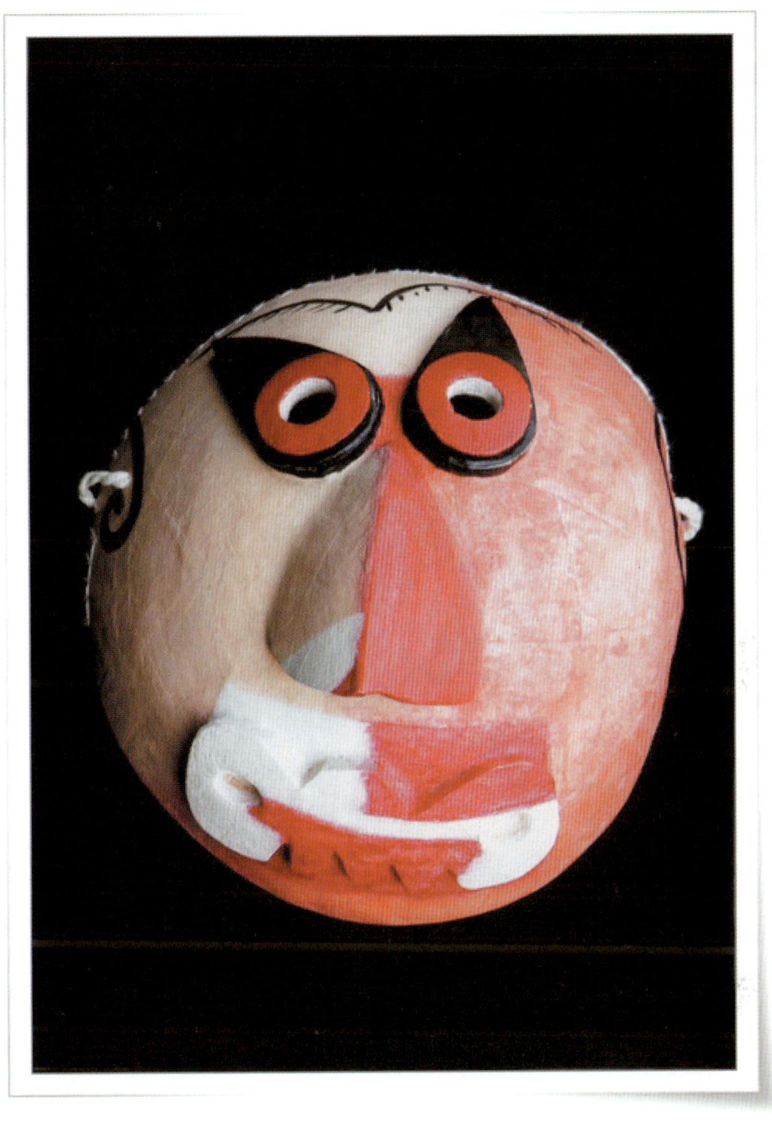

사진20 - 포졸

바가지 / 높이29cm / 너비26.5cm 얼굴은 붉은 색으로 좌측은 조금
연하고 우측은 진하다. 이마 위에 잔머리털이 촘촘히 그려져 있고, 양 눈
꼬리는 이마 위로 향하고, 눈동사는 불거져 나와 붉은 색을 띠고, 눈 가장
자리는 검은색으로 되어 있다. 코는 세모로 오똑하게 솟았고, 콧구멍은 뚫
리었다. 입은 양쪽 끝이 뻐끔히 뚫렸고, 이는 드러낸 채 꾹 다물었다. 귀
는 고사리 순 모양으로 그려져 있다.

사진21 - 종가양반

바가지 / 높이21.5cm / 너비20cm 얼굴은 검고, 눈썹은 삼각형으로
가죽(털)이 붙어 있다. 눈은 동그랗게 뚫리었고 올챙이 모양이다. 눈 꼬
리는 왼쪽은 위로 향하고 오른쪽은 아래로 향한 듯하다. 코는 오른쪽으로
휘어져 보이며, 왼쪽 볼에 짐승의 꼬리 같은 검은 긴 털이 붙어 있고, 오
른쪽에 작은 사마귀털이 있다. 입은 왼쪽으로 치켜 올라갔고, 이가 뜸뜸이
드러나게 구멍이 뚫리었다. 턱수염도 넓적하게 붙이었다.

사진22 - 모양반

바가지 / 높이25.5cm / 너비 21cm 얼굴은 희고, 눈썹은 검게 궁형
으로 그려져 있고, 눈은 동그랗게 솟아 있고, 코는 갸름하고, 콧구멍은 붉
은 점이 찍혀 있다. 입은 붉은 색을 띠고 반달형이며, 검은 수염이 많다.

사진23 - 애기양반

바가지 / 높이20.5cm / 너비16cm 얼굴은 누른빛을 띠고, 머리 부분
은 망건을 쓴 모양을 하고, 눈썹은 가늘고 검으며, 눈은 도끼눈으로 치켜
올라갔고, 코는 일자형으로 붙어 있고, 입은 약간 길쭉하게 뚫렸다. 귀는
고사리 순 모양으로 그려져 있다.

사진24 - 말뚝이

바가지 / 높이30cm / 너비29cm 얼굴은 주홍색을 띠고 검은 점이 많이 있다. 눈썹은 이마에 가깝게 검게 그려져 있고, 눈은 동그랗게 불거져 붙어 있고, 긴 코는 가지 모양이고, 코털은 짧고 검게 나와 있다. 입술은 돼지 코처럼 생겨 두툼하며, 입의 가운데는 꾹 다물었고, 입 양쪽은 벌렁하게 뚫리었다.

사진25 – 상주선산양반

바가지 / 높이19cm / 너비17cm 얼굴은 붉고, 머리는 망건을 쓴 듯
검게 그려져 있고, 눈썹은 가늘고 검게 그려져 있다. 눈은 놀란 눈동자로
보이고, 코는 일자형으로 붙어 있다. 입은 개오지(이가 빠진) 모양이고,
수염은 검게 염소수염을 하고 있다.

사진26 - 영노
바가지 / 높이18cm/ 너비20cm 얼굴은 검은색을 띠고, 눈은 동그랗
게 튀어나왔고, 노란색이다. 이마에 3개,양 미간에 1개, 입 부분에 1개
의 혹이 달렸다. 노란색이 칠해진 혹의 중앙 부분에 붉은 색을 칠하고 검
게 테를 둘렀다.

사진27 - 영감(종가양반탈을 전용함)

바가지 / 높이21.5cm / 너비20cm 얼굴은 검고, 눈썹은 삼각형으로
가죽(털)이 붙어 있다. 눈은 동그랗게 뚫리었고 올챙이 모양이다. 눈 꼬
리는 왼쪽은 위로 향하고 오른쪽은 아래로 향한 듯하다. 코는 오른쪽으로
휘어져 보이며 왼쪽 볼에 짐승의 꼬리 같은 검은 긴 털이 붙어 있고, 오른
쪽에 작은 사마귀털이 있다. 입은 왼쪽으로 치켜 올라갔고, 이가 뜸뜸이
드러나게 구멍이 뚫리었다. 턱수염도 넓적하게 붙이었다.

사진28 - 큰이

바가지 / 높이28cm / 너비24cm 얼굴은 희고 머리는 큰머리 형태로 다리를 틀어 반백의 색깔로 올려져 있다. 눈썹은 가죽털을 붙이었고, 눈두 덩은 부어 있는 모양이다. 코는 날카로운 세모꼴이고 오똑하며, 콧구멍은 검고 동그랗게 칠해져 있다. 입술은 두툼하고, 입은 헤벌쭉하게 뚫렸으며, 귀는 고사리 순 모양으로 검게 그려져 있다.

사진29 - 작은이
바가지 / 높이19cm / 너비17.5cm 얼굴은 희고, 머리는 검고, 가르
마가 왼쪽으로 기울어졌고, 눈썹은 궁형(弓形)으로 왼쪽은 오른쪽보다
위로 올라갔으며, 양 눈은 동그랗게 뚫렸다. 코는 갸름하게 그렸고, 양 볼
에는 붉게 연지를 찍었고, 입은 붉게 그리었다.

사진30 - 담비
둥근 대소쿠리 / 높이34cm / 너비34cm 얼굴은 희고 둥글며, 가장자
리는 황갈색을 띠고 있으며, 이마에는 길게 잔털이 많이 그려져 있다. 눈
은 동그랗게 솟아 있고 갈색을 띠고 있디. 양 볼은 희고, 황색, 밤색, 검
정색의 털 모양이 그려져 있다. 코는 황갈색으로 길쭉하게 밤색과 노란색
의 가로줄이 10여 개 그려져 있다. 입은 크게 벌렸고, 톱날처럼 이빨을
드러내고 있다.

사진31 - 사자

키 모양의 대소쿠리 / 높이56cm / 너비50cm 얼굴은 키 모양이고 황갈색
을 띠며 이마에는 청색, 흰색, 검정색으로 여러 가닥의 줄이 그어져 있고, 눈썹은
검고 두툼하게 붙어 있다. 눈은 동그란 공을 매달아 흔들면 움직이게 하였으며,
코는 일자형으로 길쭉하게 붙어 있고, 커다란 입의 위아래에는 톱날같이 날카로
운 흰 이빨이 붙어 있다. 콧수염은 흰색, 청색, 검정색으로 위로 치켜 올라가게
그려져 있고, 입 주위와 코 주위의 털은 검은색으로 그려져 있다. 얼굴 둘레에는
종이로 만든 오색의 털이 무수히 붙어 있다.

3. 김해 가락오광대의 춤사위와 가락

김해의 쇠가락을 일명 덧배기가락이라고 말하는데, 덧배기가락이라 하면 경상도만의 독특한 가락이라 할 수 있다. 덧배기가락은 주로 농악놀이에서 쓰여지고 있는데, 농악이란 말은 1936년대 일제시대 때 만들어진 이름이고, 김해지역에서는 주로 매구치기, 건립치기, 걸궁치기, 풍물놀이 등으로 불렀다. 김해의 덧배기가락과 덧배기춤은 허튼춤으로 능청 능청 추는 춤들이 짜임새 있는 춤들보다도 보는 이의 마음을 더욱 즐겁게 하는 특징이 있다.

가락오광대의 장단
- 굿거리 -

1	따다	다다	다다	따다	다다	다다	따다	다다	다다	따다	다다	다다
2	따다	다다	다다	따다	다다	다다	땅	땅	땅	땅	땅	
3	땅	땅	~	땅	~	땅	엇그	당	당	땅	~	땅
4	땅						엇	~	그당	땅	~	땅
5	엇	땅	땅	땅	땅	땅	엇	그당	당	땅	땅	땅
6	땅	닷	땅	땅	땅	~	엇	~	그당	땅	땅	땅
7	엇	땅	땅	땅	땅	땅	엇	그당	당	땅	땅	땅
8	땅	~	다	땅	땅	땅	엇	그당	당	땅	다다	당
9	당	다다	당	당	다다	당	당	다다	당	엇	그당	당
10	당	다다	당	당	다다	당	당	다다	당	당	다다	다그
11	당	다그	다그	당	다ㄷ	다그	엇	그라 당	당	땅		땅
-덧배기-												
12	당		다	당		다	엇		그라	당		다
13	당		다	당		다	당		그라	당		다
14	당		다	당		다	당		다	당		다

15	당		다	엇	다	다	당		다	당	당	
16	다	당		다	다	다	엇	그	다	다	당	
17	당		다	당		다	엇		다	다	당	
18	따	당		닷		다	엇	그	다	다	당	
19	따	당		따	다	다	엇	그	다	다	당	
20	당		다	엇	따	다	당		다	다	당	
21	엇	다		당		다	엇	다		당		다
22	엇	다		당		다	엇	다		당		다
23	엇	다		당		다	엇	다		당		다
24	엇	따	다	다	다	다	땅		따	다	당	
25	따	다	다	다	다	다	따	다	다	다	다	다
26	따	다	다	다	다	다	따	다	다	다	다	다
27	따	다	다	다	다	다	땅		따	다	당	
28	따	땅		땅		땅		땅		따	당	
29	땅						엇	땅		따	당	
30	엇	땅		땅		다	엇	땅		따	당	
31	땅					다	엇	땅		따	당	
32	땅		땅		땅		땅		따	다	당	
33	엇	따	다	엇	따	다	땅		다	다	당	
34	따	당	그	따	당	그	땅		다	다	당	
35	땅		땅		땅		땅		따	다	당	
36	땅	그	라	땅	그	라	땅		다	다	당	

- 빠른자진이-

37	당		그	당		그	당		그	당		그
38	당		그	당		그	당		그	당		그
39	당		그	당		그	당		그	당		그
40	당		그	당		그	당		그	당		그
41	당		그	당		그	당		그	당		그
42	땅		땅		땅		땅		땅		땅	
43	땅		땅		땅		땅		땅		땅	
44	땅			따	다		땅		짝			
징~												

4. 김해 가락오광대를 노는 이유

김해 가락오광대의 연희자들은 반드시 문화재적 가치를 인정받아 보존해 나가야 한다는 일념으로 1990년도부터 지금까지 묵묵히 땀을 흘려왔다. 한때 는 허탈감에 빠지기도 하여 포기를 해야 하나 다시 분발하여 살려내야 하느 냐는 논란도 많았었다. 그 이유는 탈, 대본, 의상, 도구 등에 대한 전문가의 철저하고 정밀한 검증이나 고증을 받지 않은 채 경상남도 민속예술경연대회 에서 최우수상(1996)을, 전국 민속예술경연대회에서 장려상(1997)을 수상한 성과만을 근거로 하여 무형문화재 지정을 신청하였다가 기각된 쓰라린 경험 을 한 바가 있었기 때문이다.

그러나 김해 가락오광대 연희자들은 다시 떨쳐일어나 1998년도부터 김해 시의 전폭적인 지원과 김해시민들의 뜨거운 관심과 격려 속에서 여러 민속학 자들의 자문을 얻어 보존회를 체계적으로 운영하고, 강연회와 학술논문발표회 및 평가회를 거치면서 정확한 고증과 검증을 받아 김해지역의 유일한 전통놀이로 승화시켜나가고 있다.

현재 우리 김해시는 사십 만 인구가 넘는 거대도시로 발전해나가고 있으며, 가야문화의 본거지임에도 불구하고 아직까지 전통민속놀이 중에서 중요무형문화재나 도문화재로 지정 된 것이 없다. 이웃하고 있는 양산, 밀양, 진주, 고성, 통영, 사천 등을 보더라도 한두 개씩은 문화재 지정을 받아 지역문화의 선양에 기여하고 있는 것에 반해 김해에는 아직까지 김해수로왕대제 외에 민속놀이로서 지정된 종목이 한 가지도 없으니 정말 안타깝고 부끄러운 일이 아닐 수 없다. 그러나 좀 늦은 감은 있지만 김해 가락오광대가 유일하게 김해지역의 대표적인 민속공연예술로 인식되고, 연희자들이 기량의 연마에 혼신의 노력을 기울이고 있다는 사실은 참으로 고무적이고 자랑스런 일이 아닐 수 없다.

김해 가락오광대는 무엇보다 그 계보가 뚜렷하다고 본다. 1,2,3,4대로 내려오면서 전승의 맥이 끊어지지 않고 전수되어 내려왔다고 본다. 둘째로 박물관에 소장된 김해 가락오광대의 탈만 보더라도 그 민속자료적 가치성과 조형적 우수성은 충분하다고 본다. 셋째로 김해 가락오광대의 동작, 재담 등이 재미있는 놀이로 엮어져 있으며, 구석구석에 김해지방의 투박한 말씨와 옛 정서를 담고 있다. 쇠의 가락도 능청 능청 엇가락이 주로 많이 들어 있어 그 맛이 독특하며 박진감이 흘러넘친다.

이러한 오광대탈놀이의 멋에 반하고 신명에 취한 '가락인'의 후예, 김해사람이라면 어찌 소중한 문화유산을 물려받지 않겠는가? 오늘에 되살리고 싶지 않겠는가? 이래서 김해 가락오광대는 오늘도 추어지고, 앞으로도 길이길이 이어질 것이다.

2. 가락신화와 김해 가락오광대

김열규

1. 굿의 신화

가락왕국의 신화 또는 김수로왕 신화를 직접 김해 오광대와 연관짓기는 아무래도 힘겨울 것 같다. 신화와 탈춤이라는 장르의 차이 때문만은 결코 아니다. 한국 신화 중의 백미편인 가락신화에서는 아무리 뒤져 보아도 탈춤놀이에 관한 대목을 찾아낼 수가 없기 때문이다.

금관가야의 건국의 과정과 왕국을 창건한 시조왕의 등극 절차 그리고 그 시조왕과 왕비의 혼사에 관한 이야기를 주축으로 삼고 있는 신화에는 미처 탈놀이가 얼굴을 내밀 틈이 없었는지도 모른다.

그러나 그렇다고 해서 가락신화와 김해오광대놀이 사이의 간접적인 인연을 추구하는 것을 포기할 수는 없다. 신화가 적어도 후세의 문화의 원류이며 원형 구실을 도맡아 낼 수 있는 이상, 바로 그 신화에서 후세의 어느 문화가 싹틀 가능성을 엿보는 일마저도 포기할 수는 없기 때문이다.

무엇보다 가락신화의 벽두에는 '굿판'이 벌어져 있다. '신맞이굿' 또는 '신내림굿'이 질펀하게 벌어져 있는 점에서는 가락신화를 추종할 다른 한국 신화를 찾기는 무망(無望)하나.

단군신화에는 그 자취가 얼핏 풍겨져 있는 것뿐이다. 하늘에서 천신이 내린 나무, 곧 신단수와 그것을 에워서 이룩된 신시(神市)라는 서낭터 또는 굿판에 관해서 잠시 언급하고 있을 뿐, 막상 거기서 벌어졌을 굿판에 대해서는 일언반구도 언급이 없다.

고구려 신화는 이보다는 형편이 한결 좋은 편이다. 해모수에서 고주몽을 거쳐서 유리왕에 이르도록 삼대에 걸친 왕들의 천상(天上) 내왕의 모습이 비교적 골돌하게 묘사되어 있기는 하지만, 백성과 어우러진 굿판의 현장에 대해서는 직접 언급이 없다. 다만 후세의 기록에서 언급된 '동맹(東盟)굿'에서 신화 시대의 신맞이 굿판의 자취를 추리할 수 있을 뿐이다.

하지만 금관가야의 경우에는 사정이 사뭇 달라진다. 내림굿이며 맞이굿이 풍성하게 구지봉에서 벌어져 있다. 그것도 백성과 무당에 견주어져도 좋을 사람들까지 등장해서는 거나하게 한 판을 벌이고 있다. 가락신화는 '굿의 신화'다. 이 점은 가락신화 중의 왕과 왕비의 혼사 대목에서 유추될 '놀이판의 신화'다운 면모와 함께 가락신화의 커다란 장점으로 또 미덕으로 섬겨 마땅할 것이다.

신부의 신행과 신랑의 신부맞이의 절차가, 이를테면 시집오고 그것을 맞이하는 절차가 김해에서 용원 바닷가에 이르는 물줄기와 언덕에서 장려하게 치러지되, 신부측의 배의 달리기와 신랑측의 기마의 달리기 경주로 치러지는 광경은 역대 한국의 혼사에 관한 기록으로는 가장 웅장하고 구체적이다.

혼사가 치러지는 공간이 온 금관가야의 산천에 두루 걸치고 있다고 해도 좋을만큼 그 규모는 웅대하다. 이런 보기를 다른 신화에서 찾는다 치면, 고구려 신화에서밖에 더는 없을 것이다. 그러나 금관가야의 왕궁의 혼사는 고구려의 것과는 판이하게 다르다. 이것은 이 땅의 상고대 사회에서 남북이 서로 다른 혼례 절차를 갖추고 있었다는 것을 시사하면서 동시에 그 문화적 차이에 대해서도 말하게 된다는 점에서 우리들의 관심을 사로잡게 되어 있다. 적어도 문헌이 보여주고 있는 한에서 가락왕국의 혼사에 비견될 후대의 혼사 절차를 찾기는 어렵지 않을까 싶을 정도임을 굳이 강조해두고자 한다.

사진32 - 김수로왕릉

사진33 - 김수로왕과 왕비의 신위를 모신 숭선전에서 봄 가을에 대제를 지낸

사진34 - 구지봉(김수로왕이 탄강한 자리)

사진35 - 김수로왕 왕비(허황옥)의 능

2. 춤굿과 탈춤

이에서 우리는 가락신화가 굿판 신화이자 놀이판 신화임을 강조해도 좋을 것이지만, 이 두 가지 속성을 합쳐서 가락신화를 결국 '굿놀이판 신화'라고 매듭지어도 괜찮을 것이다. 적어도 가락신화는 그 서두 부분, 곧 천신의 강림에 관한 부분은 실제로 행하여진 굿을 말로 재현한 것이라고 해도 무방할 만한, 강한 개성을 갖추고 있다.

가락신화는 그 서두에서 먼저 '공수', 곧 천신이 내리는 신탁의 소리를 들려 주고 있다. 신이 먼저 촉발해서는 신과 인간이 대화하는 가운데 공수는 사람들로 하여금 맞이굿을 벌여서 신을 맞이하기를 명한다. 시키는 대로 노래하고 일러주는 대로 춤추어서 천신을, 그나마 장차 나라를 세워서 백성을 다스릴 왕이 될 천신을 마중하라고 명한다. 이것은 적어노 한국의 문헌신화가 보여주는 것으로서는 최초의 노래이고 춤이다. 원초적인 가무(歌舞)고 '가무굿'이다. '노래 있는 춤굿', 곧 '가무굿'이다.

가락국기는 춤을 묘사한 ,이를테면 일종의 안무(按舞)의 세기(細技)를 또는 춤사위를 구체적으로 묘사한 최초의 신화이다. 이것은 영고(迎鼓), 동맹(東盟), 무천(舞天) 등 상고대 한국 사회의 춤이 단지 이름만 언급되어 있는 것과는 사뭇 다르다. 이 점은 한국에서 춤의 기원이 또는 원형이 말해질 적마다 그 춤의 장르가 무엇이 되었든 간에, 논지는 일단은 가락국기의 '구지 굿판'의 가무춤에 회귀하지 않을 수 없음에 대해서 말해주게 된다. 이럴 때, 김해 오광대는 한국춤의 그같은 원형 회귀의 맨 앞장에 자랑스럽게 설 수 있어야 한다.

하지만, 가락국기의 '가무굿'이 오늘날의 여러 탈춤의 원류로 또한 김해 오광대의 초역사적인 원류로서만 이야기되고 말아서는 안 된다. 그보다 더한 심층적인 맥락이 상호간에 지적될 수 있어야 할 것이다. 춤이 추어지는 계기이며 상황과 시공, 춤꾼의 성격, 춤의 기능과 의의는 물론이고 가능하면 춤의 형태에 걸쳐서 오늘의 김해오광대와 가락의 '가무굿'의 혈연이 짙어져야 할 것이다.

이에서 우리는 탈춤이 적어도 그 일부는 마을굿에 수반된, 그나마 규모가 큰 별신굿의 난장놀이에 수반된 놀이판이라는 것을 연상하게 되면서 그것이 지닌 가락신화와의 간접적 연관에 관해서 유추하게 된다. 물론 이 유추는 김해오광대에도 적용될 성질의 것이다.

이런 전제를 둘 때, 가락신화의 '가무굿'의 발언권은 엄청 드높여질 수 있다. 구지봉에서 추어진 이 '영신무(迎神舞)', 곧 '신맞이 춤'은 원천적으로 엄숙하고 경건해야 할 것이다. 인류학에서 '히에로파니', 곧 '신성(神聖) 출현(出現)'을 위한 굿은 당연히 신비롭고 거룩해야 한다. 한데도 구지봉에서 실제로 가락의 백성들이 춘 춤은 야성적인 공격충동으로도 출렁이고 있다. 거북에게 목 내기를 강요하면서, 말 안 들으면 '구워서 먹겠다'고 위협하고 있다. 이건 히에로파니의 신비며 경건과는 상충된다.

이건 무엇 때문일까? 경건이며 엄숙함이 공격적이고 파괴적인 충동이며 야성과 공존하는 이 모순은 무엇을 의미하는 것일까? 거북의 목의 출현이 신의 출현의 은유라는 것은 의심할 여지 없다. 따라서 거북에 대한 위협은 간접적으로 신령에게로도 향하게 된다. 감히 신에게 저지르는 이 모순은 도대체 뭘일까?

3. 오광대, 가락신화의 적자(嫡子)

이들 물음은 이 글에 주어진 과제를 위해서는 매우 중요하다.

신맞이에 따르는 신내림은 한국의 무속신앙에서 신지핌이며 신들림으로도 표현된다. 신들림은 '무열(巫悅)'이라고 번역할 수도 있을 '샤만 익스타시'로 경험된다. 신령과 인간의 '신비의 융합'이 곧 익스타시인 이상, 마땅히 거기에는 초감각적인 도취며 황홀이 따르기 마련이다.

영혼의 해탈은 의식의 자유, 감각의 분망을 불러 온다. 그것은 억압된 감정의 발산일 수 있는가 하면 제지된 욕망의 충족일 수도 있게 된다. 평소에 억

눌려 있던 공격 충동과 파괴 충동이 분출된다고 해도 이상할 것은 없다. 신비로운 야성의 발동이 거기 있게 되는 것이다.

바로 이 점에서 우리들은 탈춤을 '맞이굿'의 무대에 함께 올려 놓아도 상관 없게 된다. 가락국기의 맞이굿에서는 시종 경건이며 엄숙과 야성이 병행하고 있다. 마을의 별신굿에서 난장은 이제 갓 경건한 신내림을 경험한 사람들이 신을 앞세워서 저지르는 야성의 아우성판이다. 그것이 그대로 탈춤에서 재현된다.

탈춤은 '갈등의 제전' 또는 '반란의 제전'으로서 별신굿 또는 맞이굿이 갖추고 있을 그 결정적 속성의 또 다른 극적인 표현이다. 그 주제를 무용극의 형식을 빌어서 극명하게 연출해 낸다. 그래서 탈춤은 객기를 부리고 야단을 떨고 난리를 치고 함으로써 결국은 모는 섯을 뒤집어 엎어 놓는다. 반상(班常)의 계층, 성속(聖俗)의 대립, 문화와 야성의 길항(拮抗) 등을 뒤죽박죽으로 뒤엎는다.

이것은 별신굿 전체 과정으로 볼 때는 '헤쳐 모여'가 된다. 새로운 로고스의 재현에 앞서서 커다란 규모에 걸친 카오스를 연출해 내기 때문이다.

이제 김해오광대가 되살아 남에 있어서 바로 이 '헤쳐 모여'의 정신을 가락국기의 '가무굿'을 이어 받을 수 있어야 할 것이다. 가락국기는 명백히 신화다운 '개벽(開闢) 의식'을 품고 있다. 우주의 그리고 왕국의 새로운 시작을 열어 젖히는 문열이로서 구실하고 있는 춤의 굿판이 다름 아닌 바로 가락국 신화이다.

김해오광대는 이 개벽의 신화의 적자(嫡子)답게 오늘날 되살아나야 할 것이다. 그리하여 모든 탈춤의 본이 되어야 할 것이다. 이와 함께 가락국신화의 왕과 왕비의 혼사가 펼친 거나한 놀이판도 김해오광대는 담아 낼 수 있어야 할 것이다. 남녀의 합일에 따라서 두 공동체의 합일을 일구어낸 '갈등을 내포한 합일의 놀이'의 정신, 가락의 혼례가 갖추고 있었을 그 놀이의 정신도 김해오광대는 능히 소화낼 수 있어야 할 것이다.

사진36 - 구지봉의 천신맞이굿의 후대적 변형인 가락문화제에서의 오광대 공연

사진37- 민속무용 양반춤

사진38 - 풍물패의 길놀이

사진39- 북놀이

사진40 - 판굿

사진41 - 구지가를 부르던 가락인의 후예들이 민요를 부르고 있다.
김재걸 김해민속예술보존회 회장이 장구 반주를 하고 있다

제2부

김해문화의 표상,
오광대는 무엇인가?

1. 김해 가락오광대의 유래담과 대본 및 탈

박진태

1. 문제 제기

탈놀이의 연구사는 크게 세 시기로 구분할 수 있다. 제1기(1930~1969)는 문헌 자료에 의한 통시적 연구와 연대기적 기술과 병행해서 현지 조사 자료에 의한 대사 채록 내지 민속지 작성과 공시적 연구를 실시하면서 절충점을 찾던 시기였고, 제2기(1970~1991)는 연구 대상이 해서탈춤, 산대놀이, 오광대, 들놀음, 서낭굿탈놀이로 분포 지역별로 세분화되고, 작품별로 개별화되어, 기원, 구조, 전승 등에 대한 연구를 심화시킨 시기였다면, 제3기(1992년 이후)에는 탈놀이 대사의 분석을 통한 희곡적·미학적 연구, 문헌 자료의 발굴과 확충에 의한 역사적 연구, 연구 대상과 현지 조사 지역의 확장에 의한 비교 연구 등 세 가지 방향으로 전개되고 있다.[1]

그런데 2000년대에 들어서서 문화재청에서 중요 무형 문화재로 지정된 탈놀이들의 영상 기록 사업과 병행해서 해설서의 발간을 추진하고 있는데,[2] 국가적

---

[1] 박진태, 고전극의 연구사, 『한국고전희곡의 역사Ⅱ』, 대구대학교출판부, 2002, 42~46쪽 참조.

[2] 2000년에는 『양주별산대놀이』(성형호), 『동래야류』(김경남), 『고성오광대』(심상교)가, 2001년에는 『봉산탈춤』(박전열), 『북청사자놀음』(전경욱), 『수영야류』(정상박), 『통영오광대』(박진태)가, 2003년에는 『은율탈춤』(전경욱), 2004년에는 『가락오광대』(이훈상), 『발탈』(허용호)이 성과물로 나왔다.

차원에서 시행된 이 사업은 두 가지 측면에서 연구사적 의미를 지닌다. 첫째는 탈놀이의 개별 작품에 대한 종합적인 조명의 필요성을 재확인시켰으며, 둘째는 무형 문화재로 지정되지 못한 탈놀이에도 시선을 돌리는 계기를 만들었다. 후자의 경우에 해당하는 작품 중의 하나가 김해 가락오광대이다.[3]

김해 가락오광대는 최초의 민속학자 송석하(1904~1948)가 수집한 탈 12점이 국립 민속 박물관(10점)[4]과 국립 박물관(2점)[5]에 보관되어 있고, 최상수가 채록한 대본[6]이 전하고 있어, 탈놀이의 매체 중에서 언어 매체와 탈 매체는 확실하게 전하고 있는 셈이다.

김해 가락오광대는 1937년 이후로 연행이 중단되었다가[7] 1984년부터 재연을 시도하여 당시 문화원장이었던 류필현(柳弼鉉)이 예전에 놀았던 조장수(趙長壽, 1890-1928)의 아들 조광화(趙光和, 1919-1988, 말뚝이 역), 김상기(金尙基, 1907-1988, 영노 역), 하문찬(河文燦, 1911-1994, 노장 역), 곽성준(郭聖俊, 1917-1990, 양반 역) 등의 증언에 의거해서 탈, 의상, 도구, 동작 등을 정리하

---

3) 최상수, 『야류·오광대가면극의 연구』, 성문각, 1984, 172쪽과 강용권, 『한국민속극연구』, 제일문화사, 1997, 154쪽에서는 '김해오광대'라는 명칭을 사용하였다. 그러나 이두현, 『한국가면극』, 문화재관리국, 1969, 356쪽에서 '가락오광대'라 불렀고, 심우성, 『한국의 민속극』, 창작과 비평사, 1976, 22쪽에서는 '가락오광대놀이'라는 용어를 사용하였으며, 서연호, 『야류·오광대탈놀이』, 열화당, 1989, 57쪽에서는 '가락오광대'라고 불렀다. 정상박 박사도 김해군 가락면 죽림리에서 전승되었기 때문에 '가락오광대'라는 용어가 더 타당하다고 주장한다. 그런데 최상수, 앞의 책, 184쪽의 대본(할미마당)에서는 큰이(할미)가 영감을 찾으면서 "오늘에사 이 '가락 오광대 탈놀음'에서 만났소"라고 말하는 것으로 보아 가락사람들은 '가락오광대탈놀음'이란 용어를 사용하였음을 알 수 있다. 그런가 하면 최상수, 앞의 책, 172쪽의 노름꾼마당에서는 "김해 가락 꼬온"이라 하여 '가락'이 '김해'에 속한 지역이라는 의식을 단적으로 드러냈다. 따라서 예전의 '김해군 가락면'이 1989년 '부산시 강서구 가락동'으로 행정구역이 변동되었다 하더라도 '전통문화유산'이라는 특성을 고려해서 행정구역이 아니라 문화권의 개념으로 접근하고, 현재성보다는 역사성을 중시해야 한다고 보기 때문에 잠정적으로 '김해 가락오광대'로 부르고자 한다.

4) 탈의 이름은 '종가양반', '애기양반', '말뚝이', '선산양반', '어딩이', '포졸', '큰이', '작은이', '노름꾼 3', '주색'이다.

5) 탈의 이름은 '노름꾼 1·2'이다.

6) 같은 책, 172~187쪽.

7) 강용권, 앞의 책, 156쪽 참조. 강용권은 송석하와 최상수의 주장에 근거하여 1890년 경에 성립되어 1937년까지 연행된 것으로 보았다.

여 1990년과 1995년에 경남 민속 예술 경연 대회에서 장려상을 받고, 1996년에는 최우수상을 받기도 하였다.8) 한편 1984년 이전에 작고한 연희자로는 원학선(元學善, ?-1956, 총지휘), 이화복(李化福, ?-?, 말뚝이), 신성칠(申聖七, 1859-1934, 비비양반, 작은이), 곽윤학(郭允學, 1871-1943, 꽹과리), 김응윤(金應允, 1888-1944, 노장, 노름꾼), 박대봉(朴大鳳, 1892-1964, 꽹과리, 상여앞소리), 조장수(趙長壽, 1890-1928, 징, 북), 안임술(安任戌, 1892-1954, 상여앞소리) 등이 확인되었다.9)

민속극은 현지에서 전승 주체에 의해 언어 전승·행위 전승·물질 전승이 총체적으로 전승되고 재연되는 것이 온전한 존재 양태일 텐데, 김해 가락오광대는 언어 전승과 물질 전승 면보다 행위 전승 면에서 심각한 문제점을 안고 있는 것이 사실이다. 그리고 이런 이유로 그 동안 연구자들의 관심을 끌지 못했고 무형 문화재로도 지정되지 못하였을 것이다. 그러나 부분적인 문제점이 있다고 해서 전체를 포기하거나 사장시키는 태도와 시각은 온당하지 못하다. 설령 한계가 있다 하더라도 기왕에 확보된 자료만이라도 학문적으로 검토하고, 탈놀이의 전체상과 지역 문화적 성격을 파악하려는 노력은 경주되어 마땅하다. 더욱이 지방 자치·지방 분권 시대를 맞이하여 그 동안 문화재로 지정되지 못한 까닭에 연구 대상에서 제외되었던 탈놀이들에도 관심과 시선을 돌려 연구 범위의 편협성을 극복해야 한다고 본다. 다른 오광대와 들놀음에 대해서는 송석하[10), 최상수[11), 이두현[12), 강용권[13), 정상박[14), 서연호[15), 김경남[16), 심상교[17), 박진태[18), 이영기[19)가 전승권 단위로, 또는 개별 작품

---

8) 같은 책, 156-157쪽 참조.
9) 같은 책, 160-161쪽 참조.
10) 송석하, 오광대 소고, 《조선민속》 제1호, 1933;『한국민속고』, 일신사, 1960에 재수록.
11) 최상수, 『야류·오광대가면극의 연구』, 성문각, 1984.
12) 이두현, 『한국가면극』, 문화재관리국, 1969, 326~380쪽과 『한국의 가면극』, 일지사, 1979, 244~305쪽.
13) 강용권, 『야류·오광대』, 형설출판사, 1982.
14) 정상박, 『오광대와 들놀음연구』, 집문당, 1986과 『수영야류』, 화산문화, 2001.
15) 서연호, 『야류·오광대탈놀이』, 열화당, 1989.
16) 김경남, 『동래야류』, 화산문화, 2000.
17) 심상교, 『고성오광대』, 화산문화, 2000.
18) 박진태, 진주오광대의 지역성과 시대성, 『한국민속극연구』, 새문사, 1998과 『통영오

중심으로 연구를 실시하였지만, 김해 가락오광대에 대해서는 지금까지 본격적인 논의가 시도된 적이 전무하다.

따라서 이러한 문제 의식에서 출발하여 김해 가락오광대의 유래담의 유형성과 대본의 연극적 의미와 탈의 조형성을 분석함으로써 경남 지방 탈놀이에서 차지하는 위상을 정립하고, 지역 문화적 성격을 부각시키기로 한다.

2. 유래담의 유형성

1) 유래담의 의미

김해 가락오광대의 유래에 대해서는 다음과 같은 짤막한 전설이 전한다.

(낙동강으로) 궤가 떠내려와서 그 안에서 얻은 탈로 놀게 되었다.[20]

탈이 표착(漂着)한 장소는 예전의 선착장과 오광대의 놀이터였던 장터에서 가까운 지점인데, 가산오광대도 이와 유사한 전설이 전한다.

남강(지류)으로 궤가 하나 떠내려오기에 마을 사람들이 열어보니 궤 속에 오광대 극본(劇本)이 들어있어 당시 서울서 목섬에 귀양온 양반에게 보였더니, 양반이 그 오광대 극본을 읽고 가르쳐 주어 그후부터 이곳에서 오광대를 놀게 되었다.[21]

탈이 강물에 떠내려왔다는 표착 화소(漂着話素)에 귀양온 양반이 관여했다는 화소를 추가시켰다.

광대』, 화산문화, 2001.
19) 이영기, 『초계대광대탈놀이』, 합천문화원, 2001.
20) 이두현, 『한국가면극』, 문화재관리국, 1969, 327쪽. 제보자는 가락에 거주하던 朴大鳳이었다.
21) 이두현, 『한국의 가면극』, 일지사, 1979, 253쪽.

사진42 - 죽림리 앞을 흐르는 낙동강(현재의 도선장)

사진43 - 오광대탈을 만드는 조명숙 민속공예가

합천 초계의 밤마리〔栗旨〕오광대의 유래담은 김해 가락오광대와 사천 가산오광대의 유래담과 달리 표착 화소에 홍수 화소가 첨가된 형태이다.

낙동강 홍수 때 큰 궤가 하나 밤마리 앞 언덕에 와 닿았는데, 열어보니 탈과 기타 탈놀이 도구가 들어 있었다. 처음에는 모두 손대기를 싫어하였으나 인연이 있어 닿은 것이니 탈놀이를 해야 한다고 하여 놀게 되었다.[22]

이처럼 탈 표착 설화는 가산오광대와 가락오광대의 경우처럼 탈이 강물에 떠내려왔다는 유형과, 밤마리오광대의 경우처럼 홍수 모티프가 결합된 유형으로 구분된다. 전자가 표착형이라면, 후자는 홍수·표착형이라 할 수 있다. 다음으로 홍수·표착 설화에 대해 살펴보자.

(가) 옛적 어느 해 대홍수 때의 일. 큰 나무 궤짝 하나가 초계(草溪) 밤마을〔栗旨〕에 떠내려 왔다. 마을사람들이 이를 건져서 열어보니, 그 속에는 가면이 그득하게 들어 있고, 그것과 같이 「영노전 초권(初卷)」이라고 하는 책이 한 권 들어 있었다. 그 당시 그 마을에는 여러 가지 전염병 기타 재앙이 그치지 않으므로, 좋다는 방법은 다하여 보아도 별무신통 아무런 효과가 없었다. 그럴 때 마침 어떤 사람의 말대로 탈〔假面〕을 쓰고 그 책에 쓰여져 있는 그대로 놀음〔演戱〕을 하여 보았더니, 이상하게도 재앙이 없어졌다고 하며, 그런 뒤로 이 마을 사람들은 해마다 탈을 쓰고 연희하여 왔었던 것이라고 한다.[23]

(나) 어느 해 홍수가 나서 남강의 물이 불었는데, 큰 궤짝 하나가 떠내려왔다. 사람들이 열고 보니 그 속에 탈과 제복과 놀이에 대해 자세히 기록한 책이 한 권 들어 있었다. 사람들은 옷을 입고 탈을 쓰고 책에 쓰인대로 놀기 시작했다. 그랬더니 집안과 마을이 편안해지고 마음도 즐거웠다. 진주탈은 이렇게 해서 생겼다고 들었다.[24]

---

22) 같은 책, 245쪽.
23) 최상수, 앞의 책, 39쪽.

설화(가)는 앞에서 소개한 밤마리오광대의 유래담의 또다른 각편인데, 홍수는 만상의 근원인 원수(源水)의 제2차적 표현이고,[25] '죽음과 재탄생', '소멸과 재생성', '파괴와 창조'를 상징하므로,[26] 홍수 때 탈이 떠내려왔다는 것은 태초의 원수 상태 내지 혼돈을 재연함으로써 탈이 통치하는 새로운 세상과 질서가 창조되었음을 의미한다. 다시 말해서 초계의 밤마리는 전염병과 재앙으로 고통받는 죽음의 땅에서 그것들이 소멸된 생명의 땅으로 부활하고, 역신(疫神)과 악령(惡靈)이 지배하는 암흑의 세계에서 영노탈 같은 선하고 강력한 탈신이 보호하는 광명의 세계로 재창조된 것이다. 설화(나)는 설화(가)와 대동소이하다.

그런데 신체가면이 표착했다는 설화가 낙동강의 지류인 금호강의 상류에 위치하는 경북 영천 지방의 신령에 전하고, 낙동강 상류의 하회마을에 인접한 수동마을에는 신의 위패가 홍수 때 표착하였다는 설화가 전한다.

> (가)옛적 신령 두실 부근의 시냇물 위에 나무궤짝 하나가 떠내려오는 것을 한 노파가 건져서 열어보니, 그 속에는 탈이 가득히 들어 있었는데, 그 탈 속에는 이것을 모시고 제사를 지내면 풍년이 들고, 제사를 지내지 않으면 재앙이 있다고 씌어 있었으므로, 그 노파는 이 탈을 부락의 집집마다 나누어 주었다. 부락사람들은 집집마다 신막(神幕)을 마련하여 이 탈을 모시고, 초하루와 보름에 반드시 고사(告祀)를 지냈다고 한다.[27]

> (나) 약 450년 전 대홍수가 있은 후 매일 밤 희고 밝은 빛의 서기(瑞氣)가 피어오르는 곳이 있어 동네사람들이 이상하게 생각하고 찾아가 땅을 파보았더니 그곳에 공민왕 친필인 '국신지위(國神之位)'라는 신위(神位)가 있었다 한다. 이에 그 자리에 당우(堂宇)를 짓고 그 신위를 모시게 되었다 한다.[28]

---

24) 서연호,『야류·오광대탈놀이』, 열화당, 1989, 73~74쪽. 제보자는 김종철(金鍾喆)이라고 밝혔다.
25) 김열규,『한국민속과 문학 연구』, 일조각, 1972, 210쪽 참조.
26) Jack Sage; trans. by J. E. Cirlot, 앞의 책, 345~346쪽 참조.
27) 최상수,『한국가면의 연구』, 성문각, 1984, 39쪽.

설화(가)에 근거해서 20세기 초엽까지만 해도 신령의 무당들이 사당에 무서운 형상의 장군탈을 안치하고 고사와 제사를 지냈다고 한다.[29] 하천(河川)은 만상의 근원인 원수(源水)이므로[30] 또하나의 생명력의 근원인 여성과 결합될 수 있는 것이다. 따라서 하천에서 노파가 탈신을 영접하여 부락민으로 하여금 삭망일(朔望日)에 제사를 지내게 했다는 말은 탈신들이 생명과 깊이와 힘과 지혜와 모성(母性)을 상징하는 물의 세계[31]로부터 두실마을에 현신하여 곡식과 질병을 주재하며 신정(神政)을 실시했다는 의미이다.

설화(나)는 홍수로 인해 '국신지위(國神之位)'라고 쓰인 신위, 곧 신체(神體)가 떠내려와 표착한 지점에 신당을 짓고 신위를 모셨다는 이야기이기 때문에 홍수·표착 설화의 유형에 속하는 각편(各篇)으로 보아도 무방하다. 국신당은 원래 공민왕(1352~1374)이 재땅산(수동의 동편에 있는 산)에 진을 치고 홍건적과 싸울 때 전사자들의 원혼을 위로하기 위하여 설치했다는 전설[32]에 의하면 홍수를 계기로 국신당을 재땅산에서 현재의 위치인 중동(中洞) 근처로 이전한 것 같다. 다시 말해서 홍수와 같은 재난을 겪은 마을사람들이 국신당을 이전하여 마을의 동제당(洞祭堂)으로 만듦으로써 재난이 없는 마을, 무사 태평하고 풍요로운 마을로 부활하게 했을 것으로 추정된다.

이러한 설화들은 한결같이 강의 상류를 신성계(神聖界)로 의식하고 그곳에서 신이 강물을 타고 마을에 출현하였다고 사고하는 특징을 보인다. 그리고 홍수 모티프를 첨가하여 마을이 죽음의 상황에서 재생하였음을 강조하기도 하는데, 이런 유형의 설화가 낙동강 유역에서 집중적으로 전승되고 있는 것이다.

한편 김해 가락오광대의 표착 설화에 대한 신화적·제의적 관점에서의 해

---

28) 성균관대학교 국어국문학과 안동문화권학술조사단, 『안동문화권 학술조사 보고서』(1964~1966), 24쪽.

29) 같은 책, 39~40쪽 참조.

30) 김열규, 『한국민속과 문학 연구』, 일조각, 1972, 210쪽 참조.

31) Jack Sage; trans. by J. E. Cirlot, A Dictionary of Symbols, New York, Philosophical Library, 1962, 347쪽.

32) 『안동문화권 학술조사 보고서』, 24쪽 참조.

석과는 달리 이두현(李杜鉉)은 역사적·지리적 관점을 취하여 "낙동강 상류의 하회동의 별신굿놀이와 중류인 밤마리의 오광대, 하류인 가락의 오광대, 그리고 다시 해로(海路)로 수영까지의 분포 사이의 맥락을 생각할 수 있다"[33]고 상호 교류에 의한 동일 계통으로 추정하였다.

그런데 송석하(宋錫夏)와 최상수(崔常壽)도 이러한 역사적·지리적 관점에서 현지인들의 증언을 토대로 오광대와 들놀음의 계보를 다음과 같이 파악한 바 있다.

(가) 초계에 가서 있던 수영사람이 보고 와서 창설한 것이며, 동래읍은 수영의 것을 본받아 약 60년 전에 시작한 것이고, 부산에서는 약 40년 전에 동래·수영의 것을 모방하여 시작하였다고 한다. 김해의 오광대는 약 40년 전에 동래 것을 참고하여 시작하였고, 창원은 약 40년 전에 초계 '대광대'에 의하여 습득한 것이라 하며, 통영은 약 30년 전에 창원제(昌原制)에 의하여 만든 것이라 한다. 진주만은 약 50년 전에 의령군 부림면 신반리(新反里) '대광대'에 의하여 창설되었다고 전해온다.[34]

(나) 수영의 것은 1870년대에 초계 대광대 일단이 수영에 흥행을 와서 노는 것을 보고 그 지방사람들이 이것을 본받아 배운 것이며, 또 일설에는 1810년대에 수영 수사(水使)가 초계의 대광대가 유명하다는 말을 듣고 부하를 시키어 그 탈놀음꾼을 모조리 붙잡아 가지고 와서 그들의 탈놀음을 영문 내에서 구경을 시키었는데, 그때 부하들이 이를 보고 배워서 시작한 것이 그 시초라고 한다. 동래의 것은 1870년대에 수영 것을 보고 시작한 것이며, 부산진의 것은 1890년대에 동래와 수영서 하는 것을 보고 한 것이며, 김해(가락)의 것은 1890년대에 동래 것과 초계 것을 본받아 한 것이라고 한다. 또 신주 깃은 1890년대에 초계 대광대가 진주에 와서 하는 것을 보고 이를 배워서 시작한 것이며, 일

---

33) 이두현, 앞의 책, 245쪽.
34) 송석하, 오광대소고, 『한국민속고』, 일신사, 1960, 210쪽.

설에는 신반(新反) 대광대가 진주에 와서 하는 것을 보고 시작한 것이
라고 한다. 마산(창원) 것은 1900년대에 초계 대광대가 마산 장터에서
노는 것을 보고 배워서 한 것이고, 통영 것은 1910년대에 마산 것을
보고 시작한 것이며, 고성 것은 1910년대에 통영 것을 보고 이를 본
받아 시작한 것이며, 일설에는 백년 전에 정화경(鄭華景)이라는 이가
처음 시작하였다고도 한다. 그리고 거제 것은 1920년대에 녹단사(綠
丹社) 사우(社友)가 통영 것을 그대로 본받아 배워 시작한 것이라고
한다.35)

송석하는 경남 지방 탈놀이의 전파 경로를 '초계→수영→동래→부산진',
'동래→김해', '초계→창원→통영', '신반→진주'로 파악하였고, 최상수는
'초계→수영→동래', '동래·수영→부산진', '초계·동래→김해', '초계/신반
→진주', '초계→마산→통영→고성', '통영→거제'로 파악하여 송석하의 조
사 결과를 보완한 셈이다.

아무튼 김해 가락오광대의 형성에 관한 전설은 1890년경에 동래들놀음과
초계오광대를 모방하여 시작하였다는 설과 낙동강에 탈궤가 떠내려왔다는
설이 대립된다. 전자는 사실 여부는 차치하고 해상 통로를 이용하여 낙동강
유역과 동남해안 지역이 상호간에 물적·인적 교류가 활발하게 이루어졌던
사실에 근거한다면, 후자는 인간계와 대립되는 신성계로 강의 상류나 용궁이
나 바다 건너편의 육지를 상상했던 고대인의 종교적 심성(心性) 내지 신화적
상상력을 기저로 하고 있다.

2) 유래담과 고대 표착 설화와의 관련성

『삼국유사』에는 신라와 가야의 지역에서 해상 통로를 통해서 외부 세계와
인적·물적 교류를 한 사실들이 표착 설화의 형태로 표현된 기록물이 몇 편
전한다. 「기이편(紀異篇)」에 수록되어 있는 석탈해 설화(＜제4탈해왕＞조)와

---

35) 최상수, 『야류·오광대가면극의 연구』, 성문각, 1984, 103~104쪽.

연오랑·세오녀 설화(<연오랑·세오녀>조)와 허황옥 설화(<가락국기>조) 및 「탑상 편(塔像篇)」의 황룡사 장륙존상 설화(<황룡사장륙>조)가 표착 설화의 유형에 속하는 문헌 설화 작품들이다. 이들 가운데 연오랑 세오녀 설화는 신라인이 일본에 표착하는 내용이어서 나머지 셋과 구별된다.

석탈해 설화부터 살펴보기로 한다.

> 탈해잇금〔脫解齒叱今〕<또는 토해니사금(吐解尼師今)>은 남해왕 때에……계림의 동쪽 하서지촌 아진포(阿珍浦)에 이르렀다. 그때 갯가에 한 노파가 있어 이름은 아진의선이라고 하였다. 혁거세왕의 고기잡이 어멈이다. 배를 바라보고 말하기를, "이 바다 가운데 원래 바위가 없었는데, 어찌하여 까치가 모여 울고 있는가?"고 하고, 배를 끌어당겨 살펴보니, 까치가 배 위에 모여 있었고, 배 안에 궤 하나가 있었는데, 길이는 20자요 폭은 13자였다. 그 배를 끌어서 한 나무숲 아래 두었는데, 흉한지 길한지 알 수 없어서 하늘을 향해 서원을 하였다. 조금 있다가 열어보니, 단정한 사내아이가 있고, 7가지 보물과 노비가 함께 그 안에 가득 실려 있었다. 7일 동안 대접하였더니, 이에 다음과 같이 말하였다. "나는 본래 용성국(龍城國) 사람이다.……나의 부왕 함달파가 적녀국의 왕녀를 맞아 비를 삼았는데, 오래도록 자식이 없으므로……7년 후에 큰 알을 하나 낳았습니다.……배에 실어 바다에 띄우면서 빌기를 '인연 있는 땅에 이르러 나라를 세우고 집을 이루라'고 하였습니다."[36]

석탈해가 동해안 아진포에 상륙하여 토함산을 넘어 서라벌에 들어와 호공(瓠公)의 집을 빼앗고 남해왕의 사위가 된 후 유리왕 다음으로 왕위에 올랐다는 것은 석탈해가 용성국에서 철기 문화를 가지고 해상 경로를 통하여 도래(渡來)한 이주민 집단의 표상으로서 일찍이 서라벌 일대의 선주민 6촌을 제압한 대륙계 기마족 박혁거세 세력과 연합하는 데 성공한 인물임을 의미한다.[37] 이러한 역사적 사실이 표착 설화로 변형되고 굴절되었으니, '칠보'는

---

36) 강인구 외, 앞의 책, 248~249쪽.

'문화'를, '노비'는 '세력'을 상징한다고 보면, 새로운 인적·물적 자원이 석탈해 집단과 함께 신라에 대대적으로 유입되었을 것이다.

다음으로 허황옥 설화를 살펴보자.

> 유천간에게 가벼운 배를 마련하고, 빠른 말을 가지고 망산도(望山島)에 이르러 서서 기다리게 하고,……홀연히 바다의 서남쪽 모퉁이에서 붉은 비단 돛을 달고, 적황색 기를 펄럭이면서 북쪽을 향해 왔다. 유천간 등이 섬 위에서 먼저 불을 올리니, 경쟁적으로 육지로 내려 다투어 뛰어왔다.……(왕은) 어가를 타고 앞으로 나아가, 궁궐 아래로부터 서남쪽으로 60여 보 거리의 땅 산자락에 장막으로 친 궁전을 설치하고 공경히 기다렸다. 왕후는 산 밖 별포(別浦) 나루에 배를 매고 뭍으로 올라 높은 언덕에서 쉬었다.…… 그 나라에서 시종하여 따라온 신하 두 사람은 이름을 신보와 조광이라고 하였고……노비를 합하여 20여 명이었다. 가지고 온 금수능라·의상필단·금은주옥·아름다운 패옥이 달린 옷·보배로운 기물 등은 다 기록할 수 없었다. 왕후가 직접 행궁으로 가까이 가니, 왕이 나와 맞이하여 함께 장막을 친 임시궁으로 들어갔다.38)

『삼국유사』의 <가락국기>에서는 이처럼 김수로왕이 아유타국의 공주 허황옥을 영접하여 결혼하는 과정을 사실적으로 묘사하였는데, 김수로왕이 '자신이 김해에 하강한 것은 천명(天命)에 의한 것이니 결혼도 천명에 따를 것이다'고 말하는 것이나, 허황옥의 부모의 꿈에 상제(上帝)가 나타나 김수로왕에게 딸을 보내 혼인시키라고 현몽하였다는 말은 김수로왕과 허황옥의 결혼이 천명에 의한 신성한 결혼이고, 그것은 '하늘-남자-지배원리'와 '물-여자-생산원리'의 조화를 의미한다는 것을 시사한다. 그러나 김수로왕이 구지봉 마루에 탄강(誕降)하는 장면은 천신맞이굿의 구술 상관물39)의 양상을 띠도록 신화적으로 굴절시킨 반면 허황옥이 해안에 표착하여 김수로왕과 결혼하는

---

37) 김철준, 『한국고대국가발달사』, 한국일보사, 1975, 74~80쪽 참조.
38) 강인구 외, 앞의 책, 262~263쪽.
39) 박진태 외, 『삼국유사의 종합적 연구』, 박이정, 2002, 280~282쪽 참조.

대목은 역사가적인 서술태도를 가지고 사실적으로 표현한 것이다.

하여튼 김수로왕이 허황옥과 결혼함에 따라 김해 지방에 새로운 인력과 문물(文物)이 유입되었을 개연성은 큰데, 설령 김수로왕과 허황옥의 결혼을 '철기문화를 가지고 북방에서 남하하여 김해 지방에 거점을 잡게 된 수로족과 지금의 웅동면(웅천) 지방에서 농경과 어로에 종사하던 토착 집단 허씨족이 연맹을 결성한'[40] 사실의 신화적 표현으로 보더라도 비슷한 해석을 내릴 수 있을 것이다.

황룡사의 장륙존상을 제작하게 된 유래 설화는 다음과 같다.

> 신라 제24대 진흥왕이……황룡사(黃龍寺)라 하고……바다 남쪽에 큰 배 한 척이 나타나서 하곡현 사포(絲浦)에 닿았다. 이 배를 검사해 보니 공문이 있는데 쓰이기를, "서축 아육왕(阿育王)이 누른 쇠 5만 7,000근과 황금 3만 푼을 모아 장차 석가의 존상 셋을 부어 만들려고 하다가 이루지 못해서 배에 실어 바다에 띄우면서 빌기를, 부디 인연 있는 국토로 가서 장륙존상(丈六尊像)을 이루어 주기 바란다."고 했고, 부처 하나와 보살상 둘의 모형(模型)도 함께 실려 있었다. 현의 관리가 문서를 갖추어서 보고하자 왕은 사자를 시켜 그 고을 성 동쪽의 높고 깨끗한 땅을 골라서 동축사를 세우고 세 불상을 편안히 모시게 했다. 그리고 그 금과 쇠는 서울로 보내서 태건 6년 갑오(574년) 3월에 장륙존상을 부어 만들었는데……이 장륙존상을 황룡사에 모셨다.[41]

이 설화는 황룡사 장륙존상은 인도에서 금과 철을 수입할 때 불상과 보살상의 모형도 함께 도입하여 신라에서 주조했으며, 그때 인도의 불상제조기술이 신라에 전래되었을 개연성을 시사한다. 불교적으로 윤색되어 있을 뿐 석탈해설화나 허황옥설화같은 표착설화의 일종이다.

이상에서 살펴본 이들 세 설화는 해로를 통하여 외부 세계의 문물이 신라

---

40) 김택규, 『한국민속문예론』, 일조각, 1980, 220쪽.
41) 일연 지음; 이민수 옮김, 『삼국유사』, 을유문화사, 1997, 272~273쪽.

에 전해진 문화사적 사실을 반영하고 있는데, 연오랑 세오녀 설화는 신라의 비단 직조 기술이 일본에 전해진 사실을 담고 있어서,[42] 전자가 수입형 표착 설화라면, 후자는 수출형 표착 설화라 할 수 있겠다. 그리고 수입형 표착 설화가 김해 가락오광대의 표착형 유래담과 접맥된다. 다시 말하면 김해 가락오광대의 표착 설화만이 아니라 밤마리오광대와 가산오광대의 표착 설화도 모두 고대의 신라 지역에서 전승되던 표착 설화의 후대적 변이라 볼 수 있는 것이다.

3) 유래담에 대한 현장적 접근

김해 가락오광대의 유래담이 표착 설화의 유형에 속하는 이유를 전승 현장의 맥락에서 이해할 필요가 있다. 따라서 지리적 측면, 민간 신앙의 측면, 공연 장소의 측면에서 살펴보기로 한다.

(1) 지리적 요인

김해 가락오광대의 탈궤가 표착했다는 강변은 조운창(漕運倉)과 장터에서 가까운 지점으로 갈대숲이 우거져 있는데, 지금도 홍수가 지면 상류에서 떠내려오는 쓰레기가 모인다고 한다. 낙동강 하류가 1차적으로 김해시 대동면에서 갈라지고, 김해 방향으로 흐르는 물줄기가 다시 덕도산을 만나 갈라져 죽림강(竹林江)이 되어 서남향으로 흐르다가 죽림리 앞에서 남향으로 방향을 바꾼다. 이러한 수류(水流)의 방향 때문에 죽림리에 나루터가 생겼고, 조운창도 설치되고, 시장도 발달되었으며, 이러한 지리적, 경제적 입지조건 때문에 탈 표착 설화도 형성되었던 것으로 추정된다.

조선 시대에는 김해부(金海府)의 세곡미(稅穀米)를 강창, 가락, 조만포에서 실어나갔다고 하니,[43] 가락면의 죽림리가 김해 지역의 수로 교통의 요충지였다. 그뿐만 아니라 녹산리 명지에서 봉화를 올리면, 가락의 오봉산[44]을

---

42) 박진태 외, 앞의 책, 295쪽 참조.
43) 김해시 문화체육과장인 林智澤(1954년생)에게서 2003.8.7에 들었다.
44) 오봉산 정상에 봉수대(烽燧臺) 터가 남아 있다.

거처 김해의 분성산, 진영의 봉화산, 산랑진, 밀양으로 신호가 전달되었다고 하니,45) 군사적 요충지이기도 하였다. 이처럼 가락의 죽림리는 김해의 관문으로 기능했던 것 같다.

(2) 마을굿의 맥락

죽림리의 마을굿은 음력 초닷새에 당산제(堂山祭)—당산나무는 포구나무이고, 당집은 없으며, 당신은 여신이다—를 지내고, 보름까지 걸립을 치고, 저녁에 보름달이 뜨면 선창가에서 오광대를 논 다음 달집태우기를 하고 걸립 때 쓴 고깔을 태우는 것으로 끝났다고 한다.46)

이것은 가산오광대가 음력 정월 2일이나 3일 밤에 제관이 당산할매에게 천룡제를 지내고, 장승과 우물에 고사를 지내면, 바로 이어서 풍물패가 보름까지 매구굿을 하고, 보름날 밤에는 광대패가 큰집의 마당에서 오광대놀이를 연행한 사실과 동궤에 속한다.

한편 수영들놀음은 야류계(野遊契)가 음력 정월 3·4일경부터 수양반(首兩班)이 주동이 되어 지신밟기를 하고, 보름날 낮에 풍물패를 대동하고 수영 토신(土神)과 통제영의 영내 수호신인 독신(纛神)(또는 산정머리 송씨 할매와 산신)을 모신 제당(祭堂)과 용신이 있는 먼물샘(마을의 공동우물)에 고사를 지내고, 최영 장군 사당에 묘제(廟祭)를 지낸 뒤 밤에 탈놀이를 놀았다. 수영들놀음은 <지신밟기→산신제→탈놀이>의 순서로 연행하여, 김해 가락오광대가 <당산제→걸립→오광대>의 순서로 연행되는 것과 대조적이다.

이처럼 마을굿의 제신과 절차 면에서 김해 가락오광대는 수영들놀음보다는 가산오광대와 동일한 전승권을 이루고 있는 것이다. 따라서 가락오광대를 '장터'에서 놀았다고 해서 시장이나 상인층과 직접적인 관련성이 있는 것이

---

45) 임지택의 말.
46) 현 김해민속예술보존회 회장인 이명식(李明植, 1951년 생)이 그의 선친 이재용(1921년 생)에게서 들었다고 한다.

사진44 - 조운창이 있던 곳. 장터와 가깝다.

사진45 - 예전의 나루터

아니라, 어디까지나 죽림리의 마을굿의 성격을 띠고 오광대놀이가 연희된 사실을 간과해서는 안 되겠다.

(3) 장터의 공간적 상징성

선창(船艙)가에 있는 조운창 옆의 장터에서 오광대를 놀았다고 하는 바, 장터는 '넓은 평지'이어서 오광대 같은 마당놀이에 적합한 장소이다. 그러나, 김해 가락오광대의 공연 장소인 '장터'는 단순히 이러한 의미만이 아니라 더 깊은 의미를 함축하고 있다고 보아야 할 것이다.

먼저 조운창은 육로로 운송되어온 김해 평야의 세곡미가 배에 실려 인천 제물포로 보내지던 선착장에 설치된 창고이다. 그리고 장터는 부산에서 쌀을 가지고 온 사람들이 삿자리, 가미니, 터석(멍석), 소쿠리 같은 민속 공예품과 물물 교환을 하여 갔다고 한다.[47] 이처럼 장터는 토착인과 외지인의 교역이 이루어진 공간이며, 육로 교통과 수로 교통의 접합이 이루어지던 지점이다. 다시 말해서 장터는 죽림리 마을사람들의 생활 공간 속에 외부 세계의 문물이 수용되는 통로로 기능했기 때문에 마을굿의 시공간이 <당산나무→마을→장터>로 확장되는 방향과 신성 세계(神聖世界) 내지 문화의 선진 지역(先進地域)이 <상류 지역[48]→강→나루터> 로 확장되는 방향의 접합점이 된 것이다.

요컨대 죽림리의 토착 문화와 강을 통해 전래한 외래 문화가 융합하여 새로운 문화를 형성한 사실이 탈 표착 설화에 내포된 의미이며, 그러한 지역 문화사적 사실의 공간적 표상이 '선창가의 장터'라고 말할 수 있는 것이다.

---

47) 전 김해민속예술보존회 회장인 김재걸(金在傑)이 2003.8.7에 말했다.
48) '상류(上流)'는 물리적 · 지리적 개념만이 아니라 심리적 · 문화적 개념이기도 하다.

3. 놀이마당의 희곡적·연극적 특징과 지역성

김해 가락오광대의 대본은 최상수가 채록한 것이 유일한데, 모두 여섯 마당-중마당·노름꾼마당·양반마당·영노마당·할미마당·사자마당-으로 구성된다. 이제부터 이들 탈놀이마당들을 차례대로 분석하여 희곡적·연극적 특징을 검출하고 인접 지역의 탈놀이들과 비교함으로써 그 동이점이 시사하는 영향 관계의 개연성을 추정하기로 한다.

1) 중마당

노장과 상좌가 등장하여 굿거리 장단에 맞추어 춤을 추는데, 이때 한 사람이나 노장과 상좌 이외의 다른 사람이 중타령을 부른다. 이 중타령은 채록되지 못했지만, 마산오광대의 중마당에서 부르는 중타령은 다음과 같다.

> 중 하나 내려온다. 중 하나 내려온다.
> 석교상 봄바람에 중 하나 내려온다.
> 장삼 소매를 펄럭이며 거들거리고 내려온다.
> 저 중의 거동 봐라. 소상반죽 열두 마디
> 쇠고리 채에(여) 둘러걸고 철철거리고 내려온다.[49]

노장과 상좌가 탈판에 등장하는 장면에 산사(山寺)에서 석교를 건너 마을로 하산하는 장면을 중첩시키고 있다. 그리고 승려의 권위를 상징하는 육환장을 어깨에 둘러메고서 신성계에서 세속계로 이동하는 행동을 비판적으로 묘사하고 있다. 노장이 속가(俗家)에 내려온 이유가 중생 제도가 아니라 풍류라는 사실이 고성오광대와 진주오광대에서 노장이 소무를 유혹하는 대목에서 확인된다. 이처럼 김해오광대와 마산오광대의 중마당은 고성오광대와 진주오광대의 중마당보다 파계승에 대한 풍자와 불교에 대한 반감이 상대적으로 약한 편이다.

---

49) 최상수, 『야류·오광대가면극의 연구』, 성문각, 1984, 116-117쪽.

사진46 - 중마당

사진47 - 노름꾼마당

2) 노름꾼마당

　노름꾼들이 투전놀이를 할 때 절름발이 어딩이가 무시르미를 업고 나와 개평을 달라고 하지만 거절당하자 노름돈을 훔쳐 도망치다가 붙잡혀서 포졸에게 끌려간다. 이러한 내용은 진주오광대와 가산오광대의 문둥이마당과 비슷한데, 진주와 가산은 노름꾼이 문둥이이지만 김해는 문둥이가 아니며, 진주와 가산에서는 포졸(순사)이 노름꾼들을 체포하지만, 김해에서는 도둑인 어딩이를 포박해 가는 점이 결정적으로 다르다. 이처럼 진주와 가산에서는 노름꾼과 문둥이를 동일시하여 도박에 대한 극심한 혐오감을 보이는 것과는 대조적으로 김해에서는 도박에 대해서는 관대한 반면에 도둑질은 반사회적 범죄 행위이므로 엄벌하여야 한다는 사고를 보인다.

　노름꾼의 숫자에 있어서도 지역간에 차이를 보인다. 진주오광대에서 "우리 다섯이 모인 짐(김)에 진주 꼬은, 단성(丹城) 꼬은, 마산 꼬은, 통영 꼬은, 고성 꼬은 해서 땅땅구리 놀음하자"50)고 하여 진주, 단성, 마산, 통영, 고성이 동일한 교역권이나 생활권으로 인식되는데, 김해오광대에서는 "김해 가락 꼬온, 마산 꼬온, 부산 꼬온, 동래 꼬온 해서 노름 한판 놀아보자"51)고 말하여 가락의 지역민들이 자신들의 지리적·역사적·문화적 정체성에 대해 '김해의 가락'으로 인식하였으며, 마산과 부산과 동래를 동일한 통상권으로 인식한 사실과 아울러 노름꾼들이 원래는 세 명이 아니라 네 명이었을 개연성을 시사한다.

　그러나 어딩이가 절름발이이고, 무시르미가 '강남 서신 사명기(江南西神司命旗)'를 들고서 천연두를 앓고 있음을 나타내는 점은 진주·가산·김해 세 지역이 모두 동일하다. 그렇지만 진주·가산오광대에서는 어딩이가 고난과 시련을 겪는 민중적 인물인 데 반해서 김해오광대에서는 어딩이가 반사회적·반민중적 인물로 인식되고 있다. 이러한 차이는 진주·가산오광대에서 어딩이에게 개평을 주지 않는 노름꾼들이 문둥이이지만, 김해오광대에서는 노름꾼이 문둥이가 아닌 사실과 함수 관계가 있다.

---

50) 같은 책, 133쪽.
51) 같은 책, 172쪽.

3) 양반마당

　종가양반·모(毛)양반·애기도령 3인이 말뚝이를 불러 시종(侍從)의 역할
을 제대로 수행하지 못함을 질책하지만 도리어 봉변 당하는 내용을 기본 골
격으로 하고 있다. 다시 말해서 말뚝이를 신분 질서에 속박하려는 양반들의
의지와 신분 질서에서 해방되려는 말뚝이의 의지가 충돌하여 양반들은 말뚝
이를 문초하고 말뚝이는 그에 맞서서 항변하는 양상으로 놀이가 진행된다.
요컨대 양반들이 신분 질서를 파괴한 말뚝이를 치죄하는 일종의 재판극인 것
이다. 따라서 재판 과정에서 오고가는 대화를 화제(話題) 중심으로 정리하
면[52] 다음과 같다.

　① 양반들이 말뚝이를 호출하고 말뚝이가 현신한다.(발난)
　② 양반들이 말뚝이의 불충(不忠)을 질책하고 말뚝이가 항변한다.(전개)
　　㉠ 서울에서 구석구석 찾아다녔다.
　　㉡ 팔도 도방→색주가→본댁의 순서로 찾아다녔다.
　　㉢ 본댁의 청노새를 끌고 서울의 약방→종로의 지물포(紙物鋪)→진주
　　　남강의 색주가로 찾아다녔다.
　③ 양반들이 말뚝이를 처형하겠다고 위협한다.(위기)
　④ 말뚝이가 노마님과 통정한 사실을 폭로하여 양반에게 치명타를 가한
　　다.(정점·파탄)

　양반들이 말뚝이를 재판하여 처벌하려고 하지만, 말뚝이가 양반의 도덕적
기반을 해체하여 위기 상황을 반전시키고, 승리로 종결짓는 대역전 드라마를
연출한다.
　대사의 구비 관용적 표현은 수영과 동래의 들놀음만이 아니라 진주오광대
외의 영향 수수(授受) 관계도 확인되는데, 특히 다음 부분이 그런 대목이다.

---

52) 이러한 접근 방법은 진주오광대의 양반마당을 분석할 때 시도되었다. 박진태, 진주오
　광대의 지역성과 시대성, 『한국민속극연구』, 새문사, 1998, 239-240쪽 참조.

(전략) 경상도를 들어와서 악양루, 촉석루 구경하고, 강탄(江灘)을 바래(라)
보니, 일엽편주 저 어부는 사풍세우(斜風細雨) 불순귀(不順歸). 상율전
(上栗田) 하율전에 녹음은 잦아지고, 꾀꼬리 벗 부르고, 백빈주(白蘋洲)
갈매기는 오락가락 노니는데, 가반이 낭자(狼藉)하야 풍악성(風樂聲)이
들리거늘, 이내 말뚝이 터벅터벅 들어가서 돈 두 푼 내어 술 한 잔을 사서
훌쩍 마시고 자세히 살펴보니 (후략) -김해오광대-53)

강탄(江灘)을 바라보니, 일엽편주 저 어부는 사풍세우(斜風細雨) 불수귀
(不須歸)라. 상율전(上栗田) 하율전에 녹음은 가지지고, 꾀꼬리 벗 부르
고, 백빈주(白蘋洲) 갈매기는 오락가락 넘놀 적에, 배반(杯盤)이 낭자(狼
藉)하여 풍악성(風樂聲)이 들리거늘, 이내 말뚝이 터벅터벅 들어가 자세히
살펴보니 (후략)-진주오광대-54)

　　말뚝이의 노정기(路程記)의 일부분인데, 말뚝이가 진주에 당도하여 수정
봉(水晶峰)의 조양각(朝陽閣)과 비봉산(飛鳳山)의 의곡사(義谷寺)를 둘러보
고 남강에서 양반이 팔선녀를 데리고 풍류를 즐기는 장면을 목격하는 대목이
므로 진주오광대에서 생성된 대사가 김해오광대에 차용되었을 개연성이 크
다. 이처럼 김해오광대는 지리적으로 인접한 동래와 수영의 들놀음만이 아니
라 진주의 오광대와도 교류가 있었음이 분명한데, 말뚝이가 노마님과 통정한
사실을 폭로하는 대목도 이러한 사실을 뒷받침한다.

　　노마님은 웃도장 문 앞에서 활활신 벗고 요내 말둑이는 아랫도장 문 앞에
서 화-활신 벗고 거불렁 겁죽 둥두켱켱-진주오광대-55)

---

53) 최상수, 앞의 책, 178쪽.
54) 송석하, 『한국민속고』, 일신사, 1960, 333쪽.
55) 같은 책, 332쪽.

사진48 - 양반마당

사진49 - 영노마당

노마님은 웃도장(광) 문 안에서 활신 벗고, 이내 말뚝이는 아랫도장 문 앞
에서 활신 벗고, 거부렁 굽신, 웅박캥캥-김해오광대-56)

이뿐만 아니라 성적 표현도 김해오광대는 수영·동래들놀음보다는 진주오
광대와 유사하다. 곧 말뚝이가 양반의 본댁에 가서 대부인과 통정한 사실을
수영들놀음은 장황하게 진술하고 동래들놀음은 장황하면서 동시에 노골적이
고 원색적인 어휘를 다량으로 구사하는 데 비해서 김해오광대와 진주오광대
는 간결하게 표현한다. 그리고 종막(終幕) 부분에서 양반의 몰락에 이어서
양반이 부흥하는 장면으로 반전되는 동래들놀음보다는 양반의 몰락으로 종
결짓는 수영들놀음에 근접한다. 그리고 김해오광대는 수영·동래들놀음과
마찬가지로 말뚝이가 양반의 성을 공격하여 양반을 패망시키는 데 비해서 통
영·고성오광대에서는 말뚝이가 양반의 근본은 공격하고, 자신의 근본은 과
시하여 신분적인 위상 관계를 역전시키는 점에서 상대적으로 친연성이 희박
하다.

4) 영노마당

경남 지방의 영노마당은 영노가 양반을 잡아먹으려 하는 점에서 이 세상에
서 양반이 멸종되길 갈망한 민중의 꿈이 투사된 놀이마당이다. 그런데 영노
가 '상주(尙州)의 선산(善山)'에 사는 양반에게 "대국서 양반 아흔 아홉 명을
잡아 묵고 조선에 양반 너 하나 있다고 해서 오늘 잡아 묵으러 나왔다"57)고
말하여 다른 지역의 영노마당과 구별되는 차이점을 보인다.

첫째가 조선의 양반은 서울양반도 아니고, 안동양반도 아니고, 김해양반도
아닌 '선산양반'이라고 말하여 '위/아래'의 지리적·문화적 위상 관계를 '김
해/가락'의 관계가 아니라 '상주 선산/김해 가락'으로 설정한 사실이다. 이는
김해가 경상 우도(낙동강 서편)에 속하고, 그 중심지는 상주라는 인식에 연유

---

56) 최상수, 앞의 책, 179쪽.
57) 같은 책, 180쪽.

한다.

둘째가 중국에는 양반이 아흔 아홉 명이 살고, 조선에는 성주 선산에 한 명이 산다는 식으로 말하여 중국을 사상적·정치적 종주국으로 숭배하던 양반 계급의 사대주의를 은연중 비판한 점이다.

그러나 영노가 양반을 잡아먹는 이유가 통영오광대처럼 '양반들의 행사가 나빠서'라고 밝히던가, 백 번째 양반을 잡아먹는 의미가 '양반을 아흔 아홉을 잡아먹고 이제 하나를 잡아먹어 백을 채우면 하늘 끝을 사룡(蛇龍)해' 승천하는 데 있다고 충분히 설명하지 않아 극적인 위기감과 긴박감을 고조시키는 데 한계를 보인다. 그 대신 양반이 떨어뜨린 부채를 다시 줍지 못하도록 영노가 한사코 방해하는 장면을 통하여 양반의 '생명'이 아니라 양반의 신분 상징인 '부채'에 집착하는 영노의 왜곡된 모습을 부각시키고, 마침내 양반이 영노와의 대결에서 승리하여 위기 국면에서 탈출하는 것으로 놀이를 끝맺는다.

그리하여 김해오광대는 상극 원리에 의해 영노가 양반을 포식(捕食)하는 수영들놀음이나 통영오광대와 다르게 양반이 위기를 모면하고 영노와 화해하는 동래들놀음이나 고성오광대처럼 상생 원리를 보인다. 다만 고성오광대는 양반이 영노의 고조할아버지라고 강변하여 모면하는 데 비해서 동래들놀음은 부채를 사이에 놓고 신경전을 벌이다가 양반이 승리하는 바, 김해오광대의 영노마당은 동래들놀음의 영노마당과 유사성을 보인다. 요컨대 영노에게는 지상의 악을 제거하는 신수적(神獸的)인 측면과 인간의 생명을 해치는 괴수적(怪獸的)인 측면이 있는데, 김해오광대의 영노는 후자에 속하는 것이다.

5) 할미마당

할미마당의 놀이 과정을 행동 단위를 기준으로 분절하여 정리하면 다음과 같다.

    ① 큰이가 영감을 찾아다닌다. (탐색1)
    ② 영감이 큰이를 찾아다닌다. (탐색2)

사진50 - 할미마당

사진51 사자마당

③ 영감과 큰이가 재회한다. (만남)

④ 큰이와 영감이 서로 초라해진 의관을 트집잡는다. (부부 싸움)

⑤ 영감이 작은이를 데려와서 총애하므로 큰이가 질투한다. (삼각 관계)

⑥ 영감이 큰이한테서 두 아들이 죽은 사실을 듣고 화병(火病)이 나서 기절한다. (죽음)

⑦ 큰이가 의원과 봉사를 불러다가 영감을 소생시키려 한다. (치료)

⑧ 큰이가 무녀를 데려다가 오구굿을 한다. (위령)

⑨ 향도꾼들이 큰이를 메고 나가면서 상여소리를 부른다. (치상)

할미마당에서 가부장과 처첩 사이의 삼각 관계를 다루는 점은 경남 지방 탈놀이에서 공통된다. 다만 통영·고성오광대는 수영·동래들놀음과 달리 첩의 출산 장면이 첨가되어 있는 바, 김해오광대는 이 점에서도 수영·동래의 들놀음과 유사성을 보인다. 그러나 수영·동래들놀음에서는 영감이 할미를 타살(打殺)하는 데 반해서 김해오광대에서는 영감이 화병으로 죽는 점이 결정적인 차이점이 된다. 영감이 죽는다는 점에서는 가산오광대와 동일한데, 이러한 유사성은 두 지역이 모두 당산할머니를 마을의 수호신으로 섬기며 정월 초에 당산제를 지내는 사실에서 그 해답을 찾을 수 있다. 곧 당산할머니에 대한 신앙심 때문에 영감과 할미의 싸움에서 할미가 승리하는 것으로 결말 처리를 한다고 볼 수 있다. 왜냐하면 당산제를 지낼 때 젯밥을 짓기 위한 쌀을 참새가 쪼아먹으면 그 자리에서 즉사할 정도로 당신할머니가 영험하다는 구전을 통하여 당산할머니에 대한 숭배심과 공포심의 이중 심리를 엿볼 수 있기 때문이다.

6) 사자마당

사자마당은 사자가 담비를 잡아먹는데, 수영들놀음과 통영오광대에서 사자와 담비가 맹렬하게 격투를 벌이는 것과는 대조적으로 담비가 앉아 있는 사자를 약을 올리면 태연하게 대응하는 바 꼬리로 담비의 얼굴을 치거나 고

개를 흔들어-방울소리에 담비가 놀란다-담비를 쫓아낸다. 그러다가 인내의
한계를 느낀 듯 일어나서 단번에 담비를 잡아먹는다. 이렇듯이 힘의 우열 관
계에서 사자가 압도적인 우위를 보인다. 그리하여 수영과 통영의 사자가 군
사 도시적인 역동성과 웅혼한 기상을 보이는 데 비해서 김해오광대의 사자는
비교적 정적(靜的)이고 인덕(仁德)의 상징성이 강조된다.

4. 탈의 종류와 조형적 특징

김해 가락오광대의 탈은 조사와 수집의 시기에 따라 네 가지 종류로 분류
할 수 있다. 첫째가 송석하가 1930년에 촬영한 것으로『민속사진 특별전 도
록』(한국민속박물관, 1975)에 종가도령(종가양반), 작은이, 큰이, 노름꾼, 어
딩이 등 5개 탈의 사진 자료가 수록되어 있는데, 이들을 '송석하 촬영본'이라
부를 수 있다. 두 번째가 송석하가 수집한 것으로 현재 국립 민속 박물관에
종가양반, 애기양반, 말뚝이, 상주 선산양반, 어딩이, 포졸, 노름꾼3, 큰이, 작
은이, 주색 등 10개가, 그리고 국립 박물관에 노름꾼1·2 등 2개가 보관되어
있는데, 이들 12개의 탈들을 '송석하 수집본'이라 부를 수 있겠다. 송석하 촬
영본의 탈들은 수집본의 탈들과 동일한 작품들인데, 촬영본의 종가양반과 어
딩이의 눈썹과 수염에 달린 털이 수집본의 탈들에서는 떨어져 나간 사실로
보아 탈이 비교적 온전한 모습을 지니고 있던 시기에 촬영을 하였고, 그것들
을 수집한 것인데, 보존과 관리의 문제점 때문에 눈썹과 수염의 털이 떨어져
나가고 지금은 가죽만 흔적으로 남아 있는 것으로 추정된다.

최상수는『야류·오광대가면극의 연구』[58]에 종가양반, 모양반, 애기양반, 말
뚝이, 노름꾼1·2·3, 포졸, 어딩이, 무시르미, 큰이, 작은이, 영노, 중, 상좌,
사자, 담비 등 17개의 탈들을 묘사하였고,『한국가면의 연구』[59]에서는 종가양
반, 도령양반, 어딩이, 말뚝이, 노름꾼1·2·3, 중, 상좌, 영노, 포졸,

---

58) 최상수,『야류·오광대가면극의 연구』, 성문각, 1984, 42-46쪽 참조.
59) 최상수,『한국가면의 연구』, 성문각, 1984, 168-180쪽과 220-221쪽 참조.

큰이, 작은이, 담비, 사자 등 15개 탈들의 사진을 수록하고, 해설을 첨부하였다. 후자에 대해서 1936년에서 1952년 사이에 김해 가락오광대의 연희자 이화복(李化福)과 원학산(元學山)을 통하여 수집한 것을[60] 최상수 본인이 소장하고 있다고 말하였으므로 전자는 '최상수 조사본', 후자는 '최상수 소장본'이라 하여 구분할 수 있다. 양자 사이에는 모양반과 무시르미의 탈락 이외에 탈의 재료 면에서 조사본은 사자와 담비만 대소쿠리로 만들고, 나머지는 모두 바가지탈이지만, 소장본에서는 종가양반, 큰이, 작은이, 중, 상좌, 사자, 담비를 제외한 8개의 탈이 나무탈이라는 사실만 다를 뿐 탈의 조형 면에서는 큰 차이가 없다.

다만 사자탈에서 주목할 만한 상이점을 보인다.

(가) 죽제(竹製). 소쿠리로 만들었다. 붉은 색 둥근 면에 백, 흑, 황, 청색의 무늬가 그려져 있다. 이마에 검고 푸르고, 흰 줄이 여러 가닥 가로 그어졌다. 눈썹은 회색 털을 붙이었고, 눈은 절반이 희고 절반이 검게 칠한 공을 매달아 흔들면 움직이게 하였으며, 눈 가장자리는 노란데, 둥근 눈 테두리에는 검은 칠을 하였고, 그 가에는 속눈썹을 가늘게 먹으로 빙 둘러 그렸다. 코는 아래가 평평하고 큰데, 콧등에는 황, 백, 흑, 청색으로 얼룩덜룩 점을 찍었고, 콧구멍은 붉은 점을 찍어 표시하였다. 입은 뚫렸으나 위아래에 톱날 같은 흰 이가 붙어 있다. 그리고 양 둘레에는 종이로 만든 오색의 털이 무수히 붙어 있다. 가면의 높이 53cm, 너비 50cm.[61]

(나) 죽제. 소쿠리로 만들었다. 황적색(黃赤色)을 칠한 면에 이마 부분에는 검고 흰 가닥이 내리그어졌고, 눈썹은 검은데, 눈자위는 희고, 눈알은 검다. 코는 큰데, 코밑 아래에는 흰 점이 많이 찍혔고, 좌우에는 희고 검은 수염이 각각 다섯 가닥씩 치켜 올라갔다. 입은 뚫렸는데, 위아래에 톱니 같은 이빨이 붙어 있으며, 입술 가장자리에는 검은색으로 테두리를 하였고, 턱에는 흰 점이 많이 찍혀 있다. 가면의 높이 53cm, 너비 53cm.[62]

---

60) 같은 책, 220쪽 참조.
61) 최상수, 『야류·오광대가면극의 연구』, 46쪽.

(가)는 적색 바탕에 오방색 중에서 나머지 색인 백색, 흑색, 황색, 청색을 모두 사용하여 '현란한' 사자탈을 만들었는데, (나)는 황적색 바탕 위에 흑색과 백색만을 사용하여 사자의 머리털이나 수염을 그려서 '간소한' 모습이다.

조형적인 측면에서 보면, 재료의 차이에도 불구하고 송석하가 수집한 탈들과 최상수가 수집한 탈들이 대동소이한데, 유독 큰이탈만 결정적으로 달라졌다. 송석하가 수집한 큰이탈을 보면, 머리채는 트레머리로 하여 올렸고, 커다란 두 눈과 뾰족한 코, 그리고 헤벌쭉하게 벌린 큰 입을 가진 억세고 투박한 얼굴인데, 최상수가 수집한 큰이탈은 트레머리를 올리는 대신 검은 물감으로 머리털 부분을 칠하여 지극히 약식으로 만들었다. 그런데 최상수가 수집한 큰이탈의 눈 주위에 주근깨를 무수히 찍어서 못생긴 얼굴을 나타낸 사실로 보아 송석하가 수집한 큰이탈에도 원래는 주근깨가 있었던 것으로 보인다.

다음으로 가락오광대의 탈 가운데 탈의 이름을 둘러싼 오해와 혼선 현상에 대해 짚고 넘어가기로 한다. 최상수는 수염이 달린 선산양반을 도령양반으로 오해하였고, 주색과 비슷하게 만든 탈을 노름꾼이라 하였다. 이두현도 『한국가면극』에서 포졸과 노름꾼3을 뒤바꾸었고,[63] 또 송석하가 종가양반을 종가도령이라고 부른[64] 것을 그대로 답습하여[65] 수영·동래들놀음이나 봉산탈춤의 종가도령과 동일시하였다. 그러나 종가도령은 10대 소년이므로 수염이 나고 할미마당에서 영감의 탈로도 전용되는 양반탈을 종가도령이라고 부르는 것은 적절한 명명법(命名法)이라 할 수 없다.

송석하는 현재 두 박물관에 보존되어 있는 노름꾼1·2·3과 다른 노름꾼의 사진[66]을 남겼는데, 이것은 노름꾼1과 비슷하면서도 눈썹의 형태와 입의 제작법이 다르고, 두 귀가 그려져 있어서 다른 인물로 볼 수 있다. 만일 "김해 가락 꼬온, 마산 꼬온, 부산 꼬온, 동래 꼬온 해서 노름 한 판 놀아보자"[67]에 근거하여 노름꾼마당에 노름꾼이 4명이 등장하였다고 보면, 송석하가 사

---

62) 최상수, 『한국가면의 연구』, 221쪽.
63) 이두현, 『한국가면극』, 문화재관리국, 1969, 356쪽 참조.
64) 『민속사진특별전도록』, 한국민속박물관, 1975, 55쪽 참조.
65) 이두현, 앞의 책, 357쪽 참조.
66) 『민속사진특별전도록』, 58쪽 참조.
67) 최상수, 『야류·오광대가면극의 연구』, 172쪽.

※ 김해 가락오광대탈(1930년에 송덕하 수집, 국립중앙박물관과 국립
　민속박물관 소장)(사진52〜사진63)

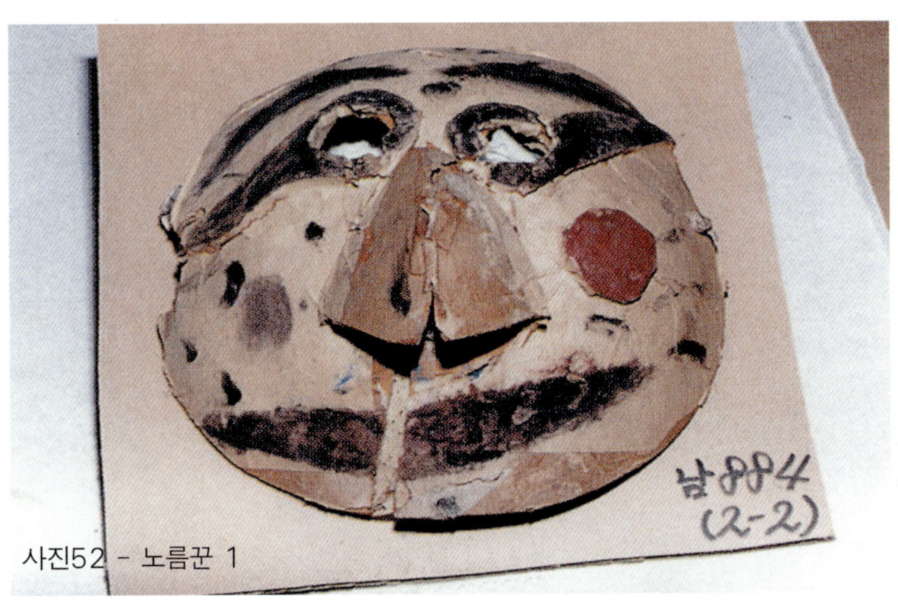

사진52 - 노름꾼 1

사진53 - 노름꾼 2

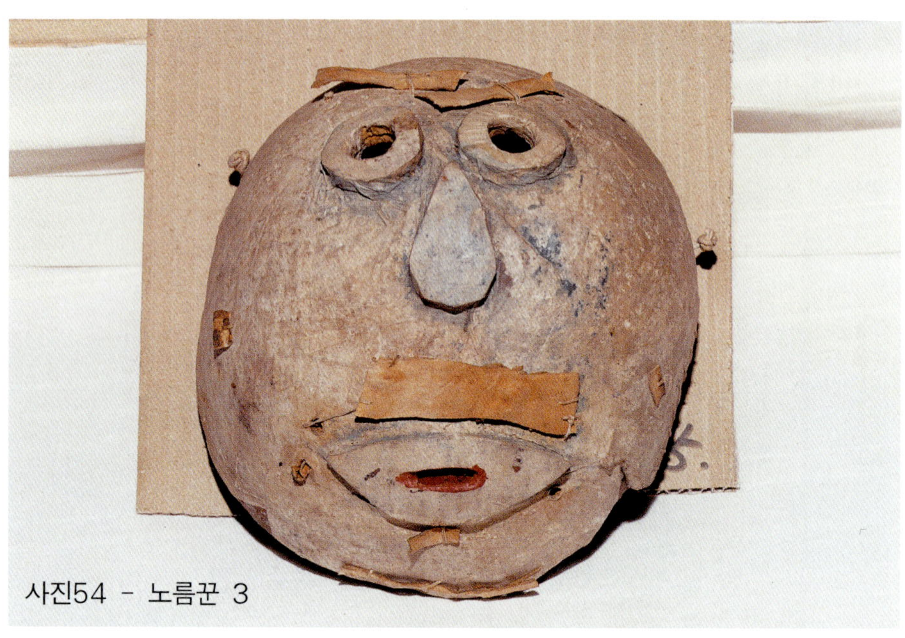

사진54 - 노름꾼 3

사진55 - 주색

사진56 - 어딩이

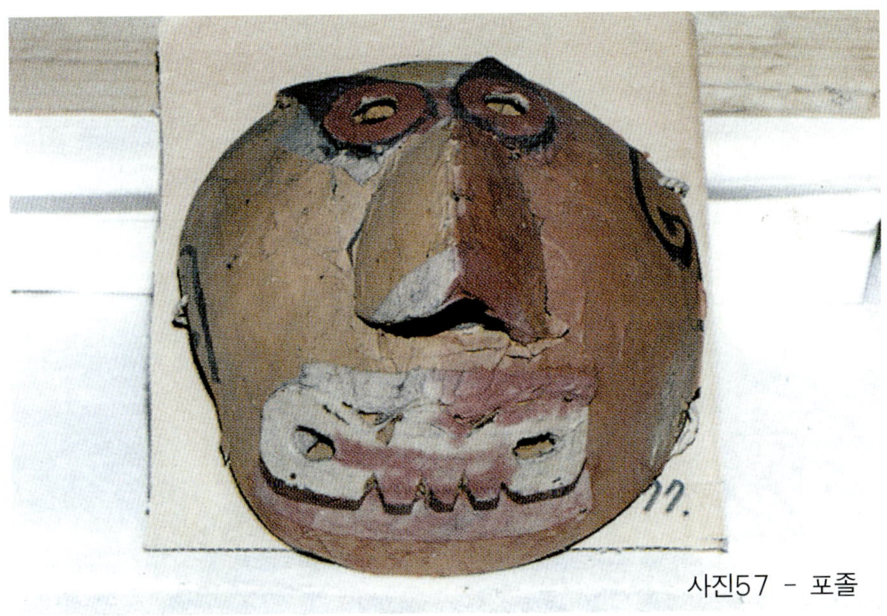

사진57 - 포졸

사진58 - 상주선산양반

사진59 - 말뚝이

96　김해 가락오광대

사진60 - 종가양반

사진61- 애기양반

사진62 - 큰이

사진63 - 작은이

진에 남긴 노름꾼이 노름꾼4일 개연성이 있다. 그러나 송석하가 남긴 사진을 국립 민속 박물관에 소장되어 있는 노름꾼1의 동종이형(同種異形)으로 간주하고 주색을 노름꾼4로 볼 수도 있다.

이제부터는 탈의 조형적 특징을 살펴보겠는데, 우선적으로 지적할 수 있는 것은 수영·동래들놀음이나 진주·가산오광대에 비해 대체로 사실적(寫實的)이고, 과장이 적고, 덜 괴기(怪奇)하다는 점이다. 종가양반은 안색은 검정색이고, 올챙이눈의 눈초리가 오른쪽 눈은 위로, 왼쪽 눈은 아래로 향하고, 코가 왼쪽으로 비뚤어지고, 입은 오른쪽으로 올라가 비뚤어지고, 윗입술이 두 줄로 찢어진 언청이이고, 이빨이 듬성듬성하고, 왼쪽 뺨에는 사마귀털이 나고, 오른쪽 뺨에는 구레나룻이 짐승꼬리처럼 달려 있고, 턱에는 넓적한 세모꼴의 수염이 달린 얼굴로 만들어 김해오광대의 탈 가운데 가장 괴기적인 인상을 준다. 그러나 모양반은 거무스레한 얼굴의 하반부에 검은 수염이 그득하게 난 모습이어서[68] 동래들놀음의 노란 개털가죽으로 만든 모양반탈에 비하면 덜 괴기적이다. 노름꾼도 진주·가산오광대는 괴기적으로 생긴 문둥이이지만, 김해오광대는 문둥이가 아니고 괴기적으로 생기지도 않았다. 말뚝이탈도 수영의 탈은 양식적(樣式的)이면서 괴기적이고, 동래의 탈은 사실적이면서 과장이 극심한데, 김해오광대의 말뚝이탈은 붉은 얼굴에 검은 점(여드름)이 무수히 찍히고, 눈은 동그란 고리눈이고, 코는 실팍한 방망이코이며, 큰 입은 다문 채 좌우로 당기어 양 입가에 구멍이 벙긋하게 뚫린 모습으로 대체로 사실적이고 과장이 적고 괴기적인 인상을 주지 않는다.

두 번째로 김해오광대의 탈은 적색, 흑색, 백색이 주종을 이룬다. 먼저 백색의 탈을 보면, 애기양반, 상좌, 큰이, 작은이 등인데, 연소자(애기양반, 상좌)의 탈이거나 여성(큰이, 작은이)의 탈이다. 따라서 백색의 심상(心象)은 창백함, 연약함, 순결함, 우아함이라 할 수 있다. 다음으로 적색의 탈은 주색탈, 선산양반탈, 포졸탈, 말뚝이탈 등이고, 흑색의 탈은 영노탈, 어딩이탈, 종가양반탈, 모양반탈, 노장탈, 영감탈(종가양반탈) 등인데, 선산양반이 영노와의 싸

---

68) 같은 책, 43쪽 참조.

움에서 승리하고, 포졸이 어덩이를 체포하고, 말뚝이가 종가양반을 기롱(譏弄)하는 점에서 '적색·남쪽·여름·양기(陽氣)·선·정의/흑색·북쪽·겨울·음기(陰氣)·악·불의'와 같은 대립 체계가 성립한다. 그리고 이러한 현상은 가락마을에서 정월 초에 양기(선신)로 음기(악귀)를 제압하는 지신밟기를 한 사실과 관련시켜 이해할 수 있다. 다시 말해서 제의적인 맥락이 사회적인 맥락으로 전환한 것이다.

진주와 가산의 오광대에서는 오방신장이 오방색(청,적,백,흑,황)의 탈과 옷을 입고 등장하고, 고성오광대에서는 양반의 탈과 옷에서 오방색이 사용되지만, 흑색과 적색의 대립적인 상징 체계가 등장인물의 탈과 갈등 구조에 구현되는 경우는 경남 지방의 탈놀이 중에서는 김해오광대가 유일하다. 그런데 산대놀이와 해서탈춤에서도 노장의 탈과 취발이의 탈 사이에서 흑색과 적색이 대립적인 의미로 사용된 사례를 보인다. 그리고 경북의 영양 지방 주실마을의 여서낭신과 가마실마을의 남서낭신의 치마에서도 적색과 흑색이 대립적으로 사용되는데, 조동일은 남녀서낭신의 싸움을 여름과 겨울의 싸움으로 보고, 여기에서 탈놀이가 발생하였기 때문에 노장의 탈은 흑색이고 취발이의 탈은 적색이라고 주장하였고,[69] 박진태는 남녀서낭신 치마의 적색과 흑색이 주실마을(남쪽)과 가마실마을(북쪽)의 방위를 나타내는 것으로 보았다.[70] 그렇지만 음양사상의 관점에서 보면 적색(남쪽)은 양이고, 흑색(북쪽)은 음이므로 영양 지방의 서낭굿과 김해오광대 및 산대놀이와 해서탈춤에 공통적으로 나타나는 적색과 흑색의 색채 대립을 음양 오행 사상에서 찾을 수 있겠다.

---

69) 조동일, 『탈춤의 역사와 원리』, 홍성사, 1981, 58쪽과 193쪽 참조.
70) 박진태, 『탈놀이의 기원과 구조』, 새문사, 1990, 35쪽의 각주(2) 참조.

5. 맺음말

　김해 가락오광대의 지역문화적 특징을 파악하기 위하여 첫째로 유래담을 동일한 유형의 구비설화와 문헌설화의 맥락만이 아니라 전승현장의 지리적·제의적·공연적 맥락 속에서 접근하고, 둘째로 대본을 마당별로 희곡적·연극적 특징을 분석하여 인접 지역의 탈놀이와 비교하고, 셋째로 탈의 종류를 확정하고 조형적 특징과 변모 과정을 고찰한 내용을 요약하여 결론을 내리면 다음과 같다.

　첫째, 표착형 유래담은 가락 지방이 낙동강 하류에 위치하여 주로 수로를 이용하여 외부세계의 문물과 세도를 수용한 사실에 수역(水域)을 신성계로 상상한 종교적 심성이 방전(放電)하여 생성시킨 것이다. 다시 말해서 역사적·지리적 사실에 신화적 사유 체계과 문학적 상상력을 덧입혀서 표착형 탈놀이 유래담을 형성시켰다. 그리고 고대 사회에 수로(해로)를 통해서 선진문화가 후진 지역에 전래한 사실을 반영하는 표착형 문헌 설화는 낙동강 유역과 동남해안 지역 사람들의 문학적 형상화 능력의 유전 인자가 연면히 계승되어 내려왔음을 증명한다. 또한 전승 현장의 지리적 조건과 경제 활동, 그리고 제의적 공간이 표착 설화의 형성에 직·간접적으로 작용하였다.

　둘째, 가락오광대는 중마당, 노름꾼마당, 양반마당, 영노마당, 할미마당, 사자마당이 성립되어 있지만, 이 중에서 가장 지역적 특성을 보이는 것은 노름꾼마당과 할미마당이다. 노름꾼마당의 경우 진주·가산오광대에서 노름꾼이 문둥이로서 반사회적 인물이고 어딩이가 민중적 인물로 동정심의 대상이 되는 것과는 다르게 가락오광대에서는 민중적인 노름꾼이 문둥이가 아니고 오히려 어딩이가 질서 파괴자로서 포졸에게 포박되어 간다. 그리고 할미마당의 경우 영감이 죽어서 희생양이 되는 섯이 가산오광대외는 동일하고 다른 모든 탈놀이와는 상이한데, 이는 가락과 가산이 당산할머니를 신앙하는 지역으로 당산제의 맥락에서 탈놀이가 연행되기 때문인 것 같다.

　셋째, 탈의 조형적 특징은 사실적이고 과장이 적고 덜 괴기적인 사실과 음양 오행 사상에 기반으로 하여 적색의 탈(포졸, 말뚝이)이 흑색의 탈(어딩이, 종가양반)을 제압하는 갈등 구조로 압축된다.

흔히 문화란 물이 높은 곳에서 낮은 곳으로 흐르듯이 선진 지역에서 후진 지역으로 전파된다고 말한다. 그렇지만 일방적인 전파론만 가지고 문화 현상을 모두 설명할 수는 없다. 유입된 문화가 기존의 문화를 압도하고 주류 문화가 될 수도 있지만, 두 문화가 모순·갈등을 일으킬 수도 있고, 융합·습합 현상을 일으킬 수도 있다.

김해의 가락오광대도 지리적 요인으로 인하여 인접한 다른 지역의 들놀음과 오광대의 영향을 받았을 개연성을 부정할 수는 없다고 본다. 그렇지만 유래담과 대본과 탈을 분석한 결과를 보면, 1890년대에 동래들놀음과 초계오광대에서 분파되었다는 구전을 액면 그대로 수용할 수만은 없다. 왜냐하면 가락오광대는 수영·동래들놀음만이 아니라 진주·가산오광대와도 교류한 흔적이 검출될 뿐만 아니라 무엇보다 중요한 것은 다른 지역과 상이한 독자성과 창의성을 보인다는 사실이다. 따라서 가락오광대는 더 이상 전파설에 위축되어 변방 의식에 휩싸여 있을 필요가 없으며, 김해 가락을 중심으로 하여 경남 지방 탈놀이를 조망할 때 비로소 수영·동래들놀음, 진주·가산오광대, 통영·고성오광대와 구별되는 독자적인 '작은 전승권'으로 구획될 전망까지 열리게 된다.

▷ 참고문헌

강인구 외 번역,『역주 삼국유사』, 이회문화사, 2002.
김열규,『한국민속과 문학 연구』, 일조각, 1972.
김철준,『한국고대국가발달사』, 한국일보사, 1975.
김택규,『한국민속문예론』, 일조각, 1980.
박진태,『한국고전희곡의 역사Ⅱ』, 대구대학교출판부, 2002.
박진태,『탈놀이의 기원과 구조』, 새문사, 1991.
박진태 외,『삼국유사의 종합적 연구』, 박이정, 2002.
성균관대학교 국어국문학과 안동문학권 학술조사단,『안동문화권 학술조
        사 보고서』(1964~1966)
송석하, 오광대소고,『한국민속고』, 일신사, 1960.
최상수,『야류·오광대가면극의 연구』, 성문각, 1984.
이두현,『한국의 가면극』, 일지사, 1979.
일연 지음; 이민수 옮김,『삼국유사』, 을유문화사, 1997.
Jack Sage; trans. by J. E. Cirlot, A Dictionary of Symbols, New York,
        Philosophical Library, 1962.

2. 죽림마을의 민속문화와 김해 가락오광대

황경숙

1. 서론

김해 가락오광대에 대한 학계의 관심은 일찍부터 시작되기는 하였으나, 단편적인 언급에 머물러왔을 뿐이다. 본격적인 연구 업적물로는 근래 발표된 박진태의 '김해 가락오광대의 지역문화적 특성 -유래담·대본·탈을 중심으로-'이 유일하다. 그간 김해 가락오광대가 탈놀이 연구에서 사각지대로 밀려나게 된 데는, 중요 무형문화재로 선정된 탈놀이 중심의 연구에 치중하는 편향된 연구풍토도 한 요인일 것이나, 김해 가락오광대의 전승력의 문제 즉, 행위 전승과정의 공백기로 말미암아 재현과정에 대한 신뢰성을 충분히 이끌어내지 못한 것도 중요한 요인으로 작용하였다고 본다. 사실 이러한 문제는 초기 관련 연구에서 치밀한 현지조사가 수행되었더라면 상당부분 해소될 수 있었을 것인데, 지금까지 연구의 기초자료라 할 수 있는 김해 가락오광대의 연희상황은 물론 발원지인 죽림마을의 민속문화에 대한 민속지조차 작성되지 못한 실정이다. 물론 오광대의 연희시기와 장소 및 전승계보 등 기본적인 사항에 대한 현지조사 결과물이 전혀 없었던 것은 아니나, 현지조사 내용이 단편적일 뿐만 아니라 논자들마다 제 각기 다른 결과물을 제시하고 있어 혼선만 가중시킬 뿐이다.

이러한 문제점을 직시하고, 김해 가락오광대 연구의 기초자료를 확보하기 위한 일환으로 죽림마을의 세시풍속, 민간신앙과 더불어 김해 가락오광대 전반에 대한 현지조사를 실시하였다.[71] 김해 가락오광대에 대한 올바른 이해를 도모하고 보다 발전적인 계승방안을 모색할 수 있는 기초자료로 활용될 수 있을 것으로 기대한다.

2. 죽림마을의 세시풍속과 민간신앙

민속문화란 서민집단이나 공동체 구성원이 과거로부터 공유하고 있는 문화로서, 오랜 역사적 발전과정에서 학습과 축적을 통해 가지게 된 생활양식이나 사고방식을 총괄하는 것이다. 마을굿의 일환으로 연희되기 시작했던 김해 가락오광대의 형성 과정과 전승 양상을 올바르게 이해하기 위해서는 죽림마을에 현전하는 민속문화 중 먼저 세시풍속과 민간신앙에 대해 기술할 필요가 있다.

현지조사 보고에 앞서 죽림마을의 역사를 간략하게 개관하면 다음과 같다.

죽림마을은 지금으로부터 약 300여 년 전 죽도를 중심으로 형성되었다. 죽림이란 마을명은 예전에 이곳은 대밭이 무성했던 곳으로 오봉산이 섬이었을 때 대밭이 무성하여 큰 홍수가 나면 이 섬이 바다 속에 떠 있는 대섬처럼 보였기 때문에 붙여진 이름이다. 무인도나 다름없던 이곳은 조선중기 그 지리적, 자연적 특성으로 말미암아 군사적, 행정적으로 중요한 요새항으로 주목받기 시작하여, 1646년(인조 24년)에는 외침을 방지하기 위한 대변청(待變廳)이, 효종 원년인 1649년(효종 원년)에는 수군들의 군기를 보관하고 세곡 수납(稅穀受納)을 위한 해창(海倉)이 설치되었다. 병졸과 역졸들만이 주둔하고 있었던 이 지역에 일반 사람들이 드나들기 시작한 시기는 1692년(숙종 18

---

71) 1차 현지조사는 2004.6.15에서 2004.7.20사이에 죽림마을의 마을회관과 제보자의 거주지를 중심으로 설문지 조사와 면담으로 이루어졌으며, 2차 현지조사는 2004.8.1에서 2004.8.15사이에 이루어졌으며 개별적 면담과 전화인터뷰를 병행하였다.

년)에 김해 부사 이하지(李夏祉)가 오봉산 북쪽 기슭의 금파대(錦波臺)에 금파정(錦波亭)을 지어 관속과 유림을 드나들게 한 것이 시초이며, 일반백성들이 정착하여 살기 시작한 시기는 1700년(숙종26년)부터로 당시 김해부사 류덕옥(柳德玉)이 백성들이 삶의 터전을 마련할 수 있도록 행정적인 지원과 많은 편의 제공을 해주면서 비로소 마을이 형성될 수 있었다. 이후 죽림마을은 수운교통의 요충지로 자리하면서, 상품유통 중심지로 급부상하였다. 죽림마을은 1934년 치수사업의 일환으로 녹산수문이 생기기 전까지 김해의 관문으로서 수로와 육로를 잇는 교통의 요충지로서 상업이 발달하였을 뿐 아니라 물산객주업을 비롯한 외지인들을 위한 위락산업이 성행하였으며, 아울러 김해평야를 배경으로 정미산업 또한 발달하였다고 한다. 녹신수문은 강서의 삼각주 일대에 빈번하게 발생되었던 홍수의 피해를 면하고 동시에 관개용수를 풍부하게 얻어 김해평야를 곡창지대로 만들기 위해 건설되었지만, 죽림마을의 입장에서는 수로를 차단하여 관문항으로서의 기능을 점차로 상실하게 되는 요인이 되어, 경제적으로 위축되는 계기가 되었다. 더욱이 1973년 강동교가 가설되면서 실질적으로 죽림마을의 수운교통의 요충지로서의 면모는 완전히 사라졌다 할 수 있으며, 그 과정에서 상업의 중심지로서의 기능도 약화되었으며, 정미산업 역시 서서히 사라지게 되었다.[72]

1) 세시풍속

세시풍속이란 해마다 일정한 시기에 되풀이되는 주기전승의 관습적 생활행위를 말한다. 세시풍속은 대체적으로 주술적, 종교적 성격을 띤 제의의 범주에서 행해진다 할 수 있으나, 여기에서는 대상신이 비교적 확연하게 드러나는 직접적인 종교적 행위의 표상인 의례와 이에 수반되어 행해지는 민속놀이를 한 항목으로 묶어 '의례와 놀이', 자연현상과 농사의 풍·흉 및 개인의 신수를 예측하고자 하는 '점복', 뚜렷한 대상신 없이 민간의 속신에 바탕을

---

72) 『부산지명총람』제5권 - 강서구편(부산시사편찬위원회, 1999 , 344-365면 참조.)과 김은배(남, 72세)의 제보를 따랐다.

두고 행해지는 기복·기풍·제액을 비는 '기축', 삼가하고 꺼려야 할 것을 지킴으로써 개인의 정화를 도모함은 물론 나아가 개인과 사회에 닥치는 불운을 미연에 방지하고자 하는 '금기', 부정적인 귀류와 액을 물리쳐 재해의 근원을 차단하고 사람에게 해를 끼치는 조수나 해충을 예방하고자 하는 '이방' 등 다섯 항목으로 나누어 살펴보고자 한다.

(1) 의례와 놀이

○ 설차례 : 여기서는 설차례를 '차례' 또는 '설제사'라 부르며 정월 초하루 아침에 떡국을 끓여 차례를 지낸다. 어떤 가정에서는 성주고사 → 설차례 → 시주단지고사의 순서로 지낸다. 이 때 성주고사와 시주단지고사에는 절을 하지 않고 비손만 한다.

○ 안택굿 : 정월에 날을 받아 무당이 주관하여 집안이 평안하고, 가족들의 일 년 신수가 좋도록 굿을 한다. 밥·국·떡·나물·과일·고기 등의 제물을 진설하여 부엌·마당·대청 혹은 방 등 집안 곳곳을 돌면서 북이나 징을 두드리고 경문을 읽으면서, 조왕·성주·조상시조 등을 들먹이며 귀신을 위무한다.

○ 지신밟기 : 걸립, 걸궁이라 칭하기도 한다. 매해 정초부터 시작하여 정월 대보름 이후 2,3일 정도까지 행하나, 정월 대보름에는 당산제를 모시는 날이기에 행하지 않는다고 한다. 지신밟기 행렬은 기(農者天下之大本, 加洛五廣大)를 선두로 하여 상쇠, 종쇠, 징, 장구, 소고, 잡색(양반, 사대부, 포수, 하동, 상놈, 색시 등) 순이며, 하동과 상놈은 각각 탈을 쓴다. 지신밟기의 절차는 당산 → 효자비 → 각 가정 순이다. 각 가정의 지신밟기는 성주굿 → 조왕굿→ 샘굿 → 장독굿 → 곳간굿 순으로 행하며 굿이 끝나면 잡색들을 중심으로 판굿을 벌인다. 판굿에서는 잡색들이 중심이 되어 걸립을 극화한 '투전놀이'를 연행한다. 투전놀이의 내용은 다음과 같다. 지신을 풀이하며 위무할 때, 포수는 집안 곳곳을 돌아다니며 그 가정의 주걱, 조리, 상 등 가재도구를 총으로 쏘는 흉내를 낸다. 그러면 하동과 상놈이 포수가 총으로 겨냥했던 물건들을

마당으로 들고 나와 마당에 펼쳐 놓는다. 지신풀이가 끝나면 하동과 상놈이 들고 온 가재도구들을 판돈으로 잡색들이 투전판을 벌인다. 몇 차례 판이 오간 뒤 양반이 자신이 승리하였다며 판돈을 모조리 가져가는 것으로 놀이를 끝맺는다. 양반이 가져간 가재도구는 다시 주인에게 돈을 받고 되팔며, 그 돈은 마을기금으로 환원된다. 판굿의 잡색극은 오래 전에 전승이 중단되었으나 지신밟기는 2000년도까지 행해졌다 한다. 지신밟기의 대표적인 상쇠로는 1950년대 이전에는 김석택(상쇠)과 박대봉(종쇠)이, 이후에는 박상근(남, 75세) 박상천(남, 72세) 형제가 유명하였는데, 특히 김석택의 쇠가락에 대해서는 "사람이 치는 쇠가 아니라 구신이 치는 쇠다", "낭산 밑에 쇠를 붙이면 고개가 저절로 넘어간다", "저놈의 쇠는 어찌 돌아가는지 모르는 쇠다"라 전해진다.

○ 줄다리기 : 줄다리기는 마을사람들이 편을 나누어 승부를 겨루는 유희적 놀이이자 동시에 농사의 풍작을 기원하는 주술 제의이기도 하다. 이 마을에서는 정월 대보름날 마을주민들이 동부(우부)와 서부(좌부)로 편을 갈라 승부를 겨루었는데, 승리하는 편에 그 해 농사가 풍년이 든다고 속신한다. 줄다리기에 소용되는 줄은 암줄과 숫줄로 나누며, 두 줄의 고를 이은 후 비녀목으로 고정한다. 줄다리기는 '대변마당'이라 불렀던 마을 공터(옛 김성학씨 댁 바깥마당이었다고 함)를 중심으로 하여 마을 도로에서 거행하였다고 하였는데, 지금으로부터 약 60여 년 전에 전승의 맥이 끊어졌다 한다.

○ 달집태우기 : 벽사진경과 풍요를 도모하기 위해 정월 대보름날 마을 들판에 소나무와 대나무를 사용해 원추형의 달집을 만들어 세우고 보름달이 떠오를 때 풍물을 울리며 달집태우기를 하였다. 달집태우기를 할 때는 달집의 불이 높이 올라 달을 잘 그을리면 그 해 마을에 풍년이 든다고 하며, 액(厄)연을 만들어 함께 태우거나, 그 불에 콩을 구워 먹으면 제액을 물리칠 수 있다고 속신한다. 3년 전부터는 마을 앞 강에 달집을 띄우고 풍물패들이 배를 타고 달집주위를 돌며 달집태우기를 한다.

사진64 - 죽림리의 1960년대의 지신밟기

사진65 - 공동우물(시장 근처의 이우물)

○ 가락오광대 : 정월 대보름 마을굿의 일환으로 연행되었다. 정월 대보름 날 마을굿의 절차는 당산제 → 줄다리기 → 달집태우기 → 오광대 순 이다. 오광대가 연희되기 시작한 시기는 정확하게 알 수 없으나, 유래 담으로 "홍수 때 낙동강변에 궤가 하나 떠내려 왔는데 열어보니 오광 대 탈이 있어 그 때부터 탈을 쓰고 놀기 시작하였다", "낙동강에 탈을 담은 궤가 떠내려 오면서부터 오광대를 놀기 시작하였다"는 이야기가 전승되고 있다.

○ 용왕 먹이기 : 일명 용왕제라고도 하며, 각 가정의 안주인이 주관하여 안가태평과 자식들이 잘되도록 기원한다. 정월 보름날 새벽 마을 앞 강 가에서 지낸다.

○ 뱃고사 : 정초나 정월대보름날 선주집에서는 안전과 풍어를 기원하기 위해 뱃고사를 지낸다. 이 고사는 선창가나 배 위에서 행하며 주부가 주관한다. 제물은 술·과일 등이며 비손한 뒤 소지를 올린다. 제의를 마친 뒤 제물은 강물에 던진다.

○ 써리씻기 : 모심기가 끝나면 농공감사제를 지내는데 이를 써리씻기라 칭한다. 이 날 가장 일을 잘한 머슴을 소를 태워주며 주인집에서는 음 식과 향응을 베풀어 농민들을 위무하는 축제를 거행한다. 근래에 농민 들의 축제였던 써리씻기의 전통은 사라졌다.

○ 용신제 : 유월 유두날 아침에 풍년을 기원하고 해충의 피해를 막기 위 해 밀개떡(용신떡)을 만들어 논두렁에 꽂아두거나, 논 주위를 돌며 "천 고실래, 만고실래, 나랏님네 북고실래"라 외치면서 밀개떡을 조금씩 떼 어 사방에 던진다.

○ 추석 차례 : '추석차례', '팔월 차례' 등으로 부르며, 제사를 지내는 시 간은 가정마다 각각 다르다. 어떤 가정에서는 성주고사 → 추석차례 → 시주단지고사 차례로 지내기도 한다. 이 때, 성주와 시주단지 앞에는 제물만 진설할 뿐 특별한 제의는 베풀지 않는다.

(2) 점복

○ 설날의 날씨가 맑으면 그 해 시절이 좋다고 점친다.

○ 정초 인날(寅日)에 남자가 먼저 집안으로 들어오면 그 해 재수가 좋다
고 점친다.

○ 대보름날 달의 서쪽 면이 희면 서쪽에 비가 오고, 동쪽 면이 희면 동쪽
에 비가 온다고 점친다.

○ 대보름날 달이 붉으면 흉년, 희면 풍년이 든다고 점친다.

○ 대보름날 달 모양이 위쪽이 일그러져 있으면 윗마을에 흉년이 들고, 아
래쪽이 일그러져 있으면 아랫마을에 흉년이 든다고 점친다.

○ 대보름날 까치가 집을 높게 지으면 그 해 비가 많고, 집을 낮게 지으면
가문다고 점친다.

○ 대보름날 소에게 나물과 밥을 주어 소가 나물을 먼저 먹으면 풍년이
들고, 밥을 먼저 먹으면 흉년이 든다고 점친다.

○ 대보름날 줄다리기 할 때 서부가 이기면 서쪽마을에 풍년이 들고, 동부
가 이기면 동쪽마을에 풍년이 든다고 점친다.

○ 대보름날 달집을 태워 불꽃이 동쪽으로 기울면 동쪽에 풍년이 들고, 서
쪽으로 기울면 서쪽에 풍년이 든다고 점친다.

○ 영동할미날에 비가 오면 그 해 풍년이 들고, 바람이 불면 흉년이 든다
고 점친다.

○ 한식날 날씨가 맑으면 그 해 풍년이 든다고 점친다.

○ 청명에 날씨가 맑으면 그 해 풍년이 들거나 시절이 좋다고 점친다.

○ 단오에 날씨가 맑으면 그 해 시절이 좋다고 점친다.

○ 단오에 뻐꾹새가 울면 그 해 시절이 좋다고 점친다.

○ 유월 유두날 날씨가 맑으면 풍년이 든다고 점친다.

○ 칠월에 옥수수 알이 꽉 차 있으면 그 해 시절이 좋고 풍년이 든다고
점친다.

○ 칠월 보름날에 자기 그림자가 잘 보이면 건강하고 장수한다고 점친다.

○ 추석날 날씨가 맑아야 이듬해 농사가 잘 된다고 점친다.

○ 중양절 날씨가 맑아야 이듬해 시절이 좋다고 점친다.

○ 입동날 날씨가 따뜻하면 그 해 겨울이 따뜻하다고 점친다.

○ 동지 팥죽 위의 갈라짐이 잘게 갈라지면 이듬해 비가 적어 흉년이 든다고 점친다.

○ 섣달그믐 저녁에 바람이 잠잠하면 이듬해 시절이 좋고, 바람이 불거나 비가 오면 이듬해에 흉년이 든다고 점친다.

(3) 기축

○ 복조리 달기 : 정월 초하루에 복 많이 들어오라는 의미에서 주부가 복조리를 두세 개 정도 사서 끈으로 묶어 방안이나 방문 앞에 걸어 둔다.

○ 샘물 길러 오기 : 일명 '용알뜨기'라고도 하며 대보름날 새벽 첫 닭이 울 때, 제일 먼저 샘물을 떠오면 복을 많이 받는다고 믿는다.

○ 새벽 밥 짓기 : 정월 대보름날 남들보다 먼저 밥을 지으면 그 해 농사일을 일찍 끝낼 수 있다고 믿는다.

○ 세 집 밥 얻어먹기 : 대보름날 체에 세 집 밥을 얻어 담은 뒤 절구통에 걸터앉아 개와 나누어 먹으면 명도 길어지고 몸도 건강해진다고 한다.

○ 아홉 그릇 밥 먹고 나무 아홉 짐 하기 : 대보름날을 '농사날'이라고도 하며 이 날은 새벽에 일어나 밥 아홉 그릇을 먹고, 나무 아홉 짐 하기, 나물 아홉 광주리 캐기, 삼 아홉 광주리 삼기 등을 한다. 그러면 그 해 농사일이 잘되고 빨리 끝난다고 한다.

○ 보름달보고 빌기 : 정월 대보름이나 팔월 보름에 할머니나 부녀자들이 달을 보고 무병장수하고 풍년이 들고 재수 있기를 기원하며 절하고 빈다.

○ 꿩알 줍기 빌기 : 정월 대보름날 아침 김이나 아주까리 잎으로 밥을 싸서 먹으면 꿩알을 많이 줍는다고 한다.

○ 달집태우기 : 보름날 저녁에 마을의 평안과 풍등(豊登)을 기원하며 달집을 태운다.

○ 다리(橋)밟기 : 대보름날 돌다리를 밟으면 그 해 다리가 아프지 않는다
고 한다.

○ 엿 먹기 : 대보름날 엿을 먹으면 마른버짐이 피지 않는다고 한다.

○ 찬물 마시기 : 대보름날 찬물을 마시면 그 해 여름 더위 먹지 않는다고
한다.

○ 입춘첩 붙이기 : 입춘 날 그 해 가정에 재수가 있으라고 '입춘대길'이란
글을 써서 문설주에 붙인다.

○ 머리카락 묻기 : 단오날 머리카락이 잘 자라게 머리카락 끝을 끊어 부
추 밭에 묻는다.

○ 머리감기 : 머리카락이 윤기가 나고 잘 자라게 해 달라고 단오날 부녀
자들이 ①창포 우린 물에 머리를 감는다. ②깻잎을 찬물에 우린 물에
머리를 감는다. ③쟁피와 수양버들 · 궁게이(장독대 주위에 자라는 풀
의 일종) · 부추 등을 함께 삶아 그 물에 머리를 감는다.

○ 창포뿌리 비녀 꽂기 : 단오에 창포뿌리를 깎은 뒤 연지를 칠하여 비녀
로 만들어 꽂거나, 창포 잎을 머리에 꽂는다.

○ 봉선화 꽃 물 들이기 : 여름에 여자들이 봉선화 꽃잎을 따서 식초에 담
구어 놓았다가 잘 때 손톱에 묶어 두면 꽃물이 드는데, 이 봉선화 꽃물
을 드리면 두통 · 신경통 · 시력 회복에 효험이 있다고 한다.

○ 밀전병 던지기 : 유월 유두날 아침 농사 잘 되라고 밀전병을 만들어 논
가에 가서 사방에 던진다.

○ 약물맞이 : 유두날 더위 타지 말라고 약수터에 물을 맞으러 간다.

○ 마른버짐 없애기 : 마른버짐이 생겼을 때 찔레꽃잎을 넣은 떡을 만들어
잘게 빚어 나이 수대로 먹는다. 또한, 정월 대보름날 세 집 밥을 얻어먹
으면 마른버짐이 피지 않는다.

○ 칠석 밤 실 꿰기 : 칠석날 밤 달빛 아래에서 바늘에 실을 꿰어 두었다가
아이들이 시험치러 갈 때 지니고 가게 하면 시험에 합격하게 된다고 한다.

○ 복숭아 먹기 : 백중날 밤에 불꺼놓고 복숭아를 먹으면 인물이 복숭아꽃

처럼 예뻐진다고 한다.

○ 일 안 하기 : 백중날 농사일을 마무리 할 때 그 날 하루는 머슴은 소를 타고 주인이 머슴에게 술과 음식을 대접하며 즐겁게 논다. 이를 '써리 씻기'라 한다.

○ 칠월 이슬 : 더위 먹었을 때 나락 이슬을 받아먹으면 더위가 풀린다고 한다.

○ 나락 이삭 달기 : 맨 처음 익은 나락을 쌀 한 되 정도 되게 베어와 짚 채로 실에 묶어 문 위에 매달아 두면 잡귀잡신을 물릴 칠 수 있을 뿐만 아니라 새가 나락을 까먹지 않게 된다고 한다.

○ 수박 이슬 맞혀 먹기 : 수박을 나락 밑에 두거나, 장독대 위에서 밤이슬을 맞힌 뒤 식전에 먹으면 더위를 타지 않는다고 한다.

○ 첫눈 받아먹기 : 그 해 첫눈이 내릴 때 그 눈을 받아먹으면 겨울 내내 추위를 타지 않는다.

○ 애기 동지 : 음력 11월 10일 이내에 동지가 들면 이것을 '애기동지'라 하며, 집안의 아기 또는 아이들에게 해롭다 하여 아이를 둔 가정에서는 팥죽을 쑤지 않는다.

○ 참새 구워 먹기 : 납일에 참새를 잡아 아이들에게 먹이면 홍역이나 기침에 좋다고 한다.

○ 메산에 기원하기 : 섣달 그믐날 저녁에 산을 보거나 동서남북 사방에 절을 하며 명과 복을 빈다.

○ 세 절 들르기 : 섣달 그믐날 오후에 주부들이 세 절을 들러 집안에 액운이 없도록 기원한다.

○ 그믐 밤 불 켜 두기 : 섣달 그믐날 집안에 샘이 있거나, 조상을 모시고 있으면 불을 끄지 않고 밤새도록 불을 켜둔다.

○ 탈 없는 달 : 윤달을 '탈 없는 달'이라 하여 지붕이나 담을 고치고, 마당을 고르고 변소치고, 무덤·단장 등 평소 꺼리는 일들을 한다.

(4) 금기

○ 정월 초하룻날 아침에 여자가 집에 들어오면 방정맞고 재수가 없다.

○ 정월 초하룻날 부엌의 재를 치면 재수 없다고 하여 섣달 그믐날에 재를
   친다.

○ 정초에 곡식 또는 재물을 집밖으로 내면 재물이 줄어들거나 복이 나간다.

○ 정월 보름에 맨발로 다니면 그 해에 발에 가시나 못이 박힌다.

○ 정월 보름에 방아를 찧으면 농사가 잘 안 된다.

○ 정월 보름에 빨래를 하면 나락에 쭉정이가 생긴다.

○ 정월 보름에 바느질을 하면 손톱 밑에 가시가 박히거나 고름이 생기는
   등 생손을 앓는다.

○ 정월 보름에는 밥을 물에 말아 먹으면 여름에 소나기나 찬 물벼락을
   맞는다.

○ 정월 보름에 김치를 먹으면 그 해 몸쐐기가 많이 생긴다.

○ 정월 보름에 고기를 먹지 않으면 비루 오른다.

○ 정월 보름에 고기지질 때 넣은 두부를 먹으면 살찐다.

○ 정월 보름에 개에게 밥을 주면 여름에 개의 몸에 파리가 들끓고 비루가
   오른다.

○ 정월 보름날 아침에 오곡밥을 먹지 않으면 그 해 재수가 없다,

○ 정월 보름에 참기름을 먹으면 손이 미끄러워 모를 못 찐다.

○ 바람 올리는 날 부정한 곳에 가면 영동할미가 벌을 주어 몸이 아프거나
   아이가 안 좋다.

○ 영동할미가 내려오는 달에 혼사를 하면 부부 금슬이 좋지 않거나 가정
   이 편안하지 않는 등 해롭다.

○ 2월에 장을 담그면 집안에 아픈 사람이 끊이지 않는다.

○ 삼월 초하룻날 해가 중천에 뜨기 전에 남의 집에 가면 그 집이 부정
   탄다.

○ 누에가 오를 때(고치를 짓기 위해) 초상집에 가면 부정 타서 누에가 퍼

렇게 병이 들어 죽는다.

○ 유월은 악달이기에 이사를 가거나 혼사를 치르면 해롭다.

○ 팔월에 문을 바르면 고무도둑이 많이 든다.

○ 동짓날 탈상하지 않는 집에서 팥죽을 쑤면 안 좋다.

○ 섣달그믐에 맨발로 다니면 이듬해 가시가 박힌다.

(5) 이방

① 액 예방

○ 아이들의 필낭차기 : 정월달에 집안의 어머니 또는 누나가 아이의 무병
  장수와 복을 기원하기 위해 빨강 · 파랑 · 초록 등의 주머니 세 개를 아
  이에게 채워준다.

○ 호랑이 그림 붙이기 : 안주인이 집안에 잡귀들이 범접하지 못하게 정월
  초하룻날 호랑이 그림을 문 위에 붙인다.

○ 삼재(三災)풀이 : 그 해에 삼재가 든 사람이 그 액을 막기 위해 정월에
  서 섣달까지 삼재 부적을 몸에 지니고 다닌다.

○ 오곡 볶기 : 그 해 가정에 액운이 있다 하면 안주인이나, 무당이 잡신을
  쫓고 부정을 없애기 위해 팥 · 쌀 · 소금 · 고춧가루를 볶아서 마당이나
  삽짝 등 집안 곳곳에 뿌린다.

○ 옷 동정 또는 속옷 태우기 : 그 해의 액막이를 위해 설이나 보름에 옷
  동정이나 속옷 등을 태운다.

○ 황토뿌리기 : 그 해 집안의 운수가 좋지 않거나, 부정을 막기 위해 보름
  날 새벽 일찍 대문 양옆에 황토를 뿌린다.

○ 소금뿌리기 : 그 해 집안의 운수가 좋지 않거나, 부정을 막기 위해 보름
  날 집안 구석구석에 소금을 뿌린다.

○ 문병 안 가기 : 6월은 '악달' 또는 '액달'이라서 문병을 가지 않는다.
  문병을 가게 되면 문병 간 사람이 아프게 된다.

○ 작은 구멍 내 놓기 : 팔월에는 고무도둑이 든다고 하여 문을 바르지 않

는다. 만약 문을 바르게 될 때에는 도둑맞는 것을 예방하기 위해 문에 조그마한 구멍을 내어놓는다.

○ 메밀 볶아 뿌리기 : 섣달 그믐날 밤에 주부가 잡귀잡신을 쫓기 위해 메밀을 볶아 집안 네 구석에 뿌려 놓는다.

○ 팥죽 뿌리기 : 동짓날 팥죽을 끓여 악귀를 쫓기 위해 안주인이 집 안팎에 팥죽을 뿌린다.

② 질병 예방

○ 버짐 막기 : 보름날 엿을 먹거나, 체에 밥을 얻어와 디딜방아나 절구통 위에 앉아 먹는다.

○ 더위팔기 : 대보름날 해뜨기 전, 아이들이 그 해 더위를 먹지 않기 위해 친구를 불러 대답하면 '내 더위 사 가져가라'고 하는 일이 있는데, 이를 '더위 판다'라 한다.

○ 부럼먹기 : 대보름날 아침 그 해 부스럼 나는 것을 막고 이빨이 여물게 하기 위해 호두, 밤 등을 깨물어 먹는데, 이를 '부스럼 깨자'라 한다.

○ 비루 막기 : 대보름 아침에 그 해에 비루 오르는 것을 막기 위해 김치는 먹지 않고 고기는 먹는다.

○ 다리 밟기 : 대보름 저녁에 그 해 다리에 탈이 나지 않게 돌다리를 세 번 밟는다.

○ 마마병 막기 : 2월 달에 날을 잡아 마을 언덕 위에 짚으로 말을 만들고 그 위에 돈과 떡(백설기)을 넣은 망태기를 얹고는 말머리를 밖으로 가게 한 뒤 "짐도 많이 싣고, 돈도 많이 갖고 제게 먼데로 떠나시오"라 하며 말을 몰아낸다.

○ 더위 막기 : 더위를 막기 위해 7월에 아침이슬을 받아먹거나 밤이슬 맞은 수박을 식전에 먹는다.

○ 첫눈 먹기 : 겨울에 추위를 타지 않게 하기 위해 첫눈이 올 때 첫 눈을 받아먹는다.

③ 해충 · 금수 예방

○ 노래기 퇴치 : 그 해에 노래기가 나오지 말라고 보름날 지붕 위나 처마
밑에 솔잎이나 솔가지를 끼워 둔다.

○ 쥐 퇴치 : 보름날 아이들이 "뒤쥐(들쥐) 잡자, 뒤쥐 잡자"라 외치며 절
구공이로 집안의 네 기둥을 찧는다.

○ 새 쫓기: 나락이 익을 때, 맨 처음 익은 나락을 쌀 한 되 정도 되게 베어
실에 묶어 방문 앞에 걸어 둔다.

○ 뱀 퇴치 : 대보름날 새끼를 꼬아 한 발 되게 만든 다음 불에 거슬려 집
안 곳곳으로 끌고 다니면서 "뱀이 끄실자, 뱀이 끄실자"하고는 담장 밖
으로 멀리 던져버린다.

○ 모깃불 놓기: 대보름날 그 해 모기 피해를 없애기 위해 마당 한가운데
에 불을 놓고 연기를 이리저리 흩으며 모기 쫓는 시늉을 한다.

2) 민간신앙

민간신앙이란 생존을 영위하고자 하는 가운데 경험하게 되는 인간의 한계
와 예측 불가능한 자연 변화에 따른 생존의 위협과 심리적 불안감을 초자연
적인 힘이나 존재에 의존하여 극복하고자 하는 원초적인 욕구와 현실적 이해
에 중점을 두는 현세구복적 신앙으로 기층민의 원형적 사유관의 근간을 형성
하고 있다.

민간신앙은 신앙 주체의 범위를 기준으로 동신신앙과 가신신앙으로 나눌 수
있다. 여기에서는 이 마을에서 형성 전승되어온 동신신앙과 가신신앙의 제 양상
을 통해 이 지역 기층민의 사유관과 문화적 전통성을 살펴보고자 한다.

(1) 마을공동제의인 당산제

이 마을 당산신의 신격은 여신으로 '오봉산 할내딩산' 혹은 '앞산할매' '땅
집(당집)할매'라 칭하며 당산신을 '처녀 할매신'으로 인식하고 있다. 당산신
은 약 200여 년 전 마을에 전염병이 창궐하자 병마를 퇴치하기 위해 모시게

사진66 - 죽림마을의 현 당사

사진67 - 죽림마을의 현 당사

사진68 - 당사 내 위패

사진69 - 효자비

되었다고 하는데, 당사 내 위패의 내용(봉안한 위패에는 '山神靈 神位'라 적혀 있음)으로 보아 오봉산 산신령을 당산신으로 좌정시킨 것으로 추정된다.

당산신의 신체는 당사의 위패와 당산나무이며, 마을 입구에서 북서방향으로 약 500미터 거리의 오봉산 체육공원 경내의 서남쪽에 위치해 있으며 좌향는 남향이다.73) 당사가 형성된 정확한 시기는 알 수 없으나, 오래전부터 있어왔다 하며, 현재의 당사는 1994년 2월 15일에 개축한 것이다(甲戌二月十五日午時上樑). 당사 주위에는 소나무, 팽나무를 비롯하여 수종의 수목들이 있는데, 신목으로 여겨 함부로 베지 않는다고 한다.

당산제는 매년 한차례 음력 정월 15일에 지내나(예전에는 14일 자정에 지냈으나 근래에는 15일 아침에 지낸다), 만약 제의 날 마을에 부정한 일이 생기면 순연한다.

당산제를 지내기 위해서는 먼저 마을회의를 개최해 제주를 선정한다. 예전에는 정월 6일 마을회의를 개최('대동회'라 칭함)해 주민들 중 깨끗한 이를 선정하거나 대를 잡아 제주를 선정하였는데, 근래에는 섣달그믐이나 정초에 마을회의를 개최('개발위원회 회의'라 칭함)하여 제주를 선정한다. 3년 전부터 한상고 통장이 제주를 맡아 해오고 있으며, 그 이전에는 최남이 할머니가 제주를 맡아 왔었다.

제주는 선정된 직후부터 금줄을 치고 부정을 가리는 금기생활을 한다. 금기로는 ①살생해서는 안 된다. ②길흉사에 참석해서는 안 된다. ③부정한 것을 보면 안 된다 등이며, 금기 기간은 시대적인 변화에 따라 변모되어 예전에는 금기기간이 1년이었던 것이 차츰 6개월 3개월 등으로 축소되어 왔으며, 근래에는 제주의 사정에 따라 융통성 있게 대처하고 있다.

당산제의 절차는 예전에는 '당산제' → '질대장군제'74) → '효자비제'75)

---

73) 최남이(여, 77세) 할머니의 제보에 의하면 일제 때 '야마도'라는 자가 당사를 평지로 이전하게 하여 이전했더니 당일 신벌을 받아 즉사함으로 즉시 원 위치(현 위치)로 다시 이전 복원하였다고 하며, (『부산지명총람』361면 참조) 김윤출(여, 77세) 할머니의 제보에 의하면 일제시대 때 일본순사가 당사를 옮기기 위해 당사 주위에 있던 당산나무를 베고는 그 자리에서 즉사하였으며, 그 일로 당사를 옮길 엄두를 내지 못하게 되었다고 한다.

순으로 지냈으나, 지금은 당산제만 지낸다. 당산제 제물은 기제사와 동일하며[76] 제의방식 역시 엄숙형 유교식으로 기제사와 동일하다.

제의에 참석하는 사람은 제주을 비롯하여 새마을 지도자·개발위원·부녀회장·경로회장 등을 비롯한 일부 주민들이다. 음복은 제를 마친 후 참석자들이 제당에서 하나, 나머지는 마을회관으로 가져와 마을주민들이 함께 음복한다.

당산제에 소요되는 비용은 약 30만원 정도이며 마을 공동기금으로 지출한다. 근래에는 당산제를 지낸 후 윷놀이와 달집태우기를 하나, 예전에는 줄다리기, 달집태우기, 오광대놀이를 거행하였다고 한다.

당산신의 영험담으로는 [77] ①일제 때 '야마도'라는 자가 당사를 평지로 이전하게 하였더니 당일 신벌을 받아 즉사함으로 즉시 원 위치(현 위치)로 다시 이전 복원하였다고 한다. ②최남이 제주가 교통사고로 다리를 다쳤는데 꿈에 당산신(선녀)이 내려와 만져주고 가니 곧 나았다고 하며, 또 어느 해에는 꿈에 당산할매가 곱게 단장을 하고 나타나 마을로 들어오는 상여를 담뱃대로

---

74) 예전에 이 마을 입구와 출구 양쪽에 당산나무와 나무장승이 있었다고 한다. 이 마을 하순덕 할머니(여, 78세)의 제보에 의하면 마을 거릿대 신이었던 당산나무와 나무장승을 '당산할배'라고 부르기도 했다고 한다. 한편, 가락 중학교 뒤(마을 입구)에 있었던 당산나무가 태풍으로 쓰러져 흉하게 되자 마을 사람들이 당시 이 마을 목수에게 나무를 베게 하였는데, 나무를 벤 뒤 그 목수는 신벌로 목숨을 잃었다고 한다.

75) 일명 '효자 김석숭 정려비'(비석에는 " 孝子故土人 金碩崇之閭"라 쓰여 있다.)라고도 한다. 효자비는 순조 29년(1829년)에 세워진 것으로 김석숭은 어머니가 병들자 어머니의 대변을 맛보아 병세를 알아보고, 자신의 손가락을 끊어서 피를 먹여 7일을 연명하도로 하였다고 한다. 어머니가 작고하자 시묘살이를 하는데 샘물이 자연히 솟았다. 그로 인해 동네에서 불이나 온 마을이 다 탔으나 그의 집만은 화재를 면하게 되었는데 사람들은 지극한 효성 때문이라 여겼다고 한다. 효자비는 현재 지서 앞에 위치해 있으며 양 옆으로 문인석이 있다. (『부산지명총람』358 - 359면 참조)

76) 제물은 제주가 구입하는데, 제물을 살 때는 절대 흥정하지 않으며, 제물을 사서 마을로 돌아올 동안에는 절대 화장실을 갈 수 없었다고 한다. 근래에는 당산신의 신력으로 출생하였다고 믿는 김두곡(남, 64세, 어머니가 당산에 가서 치성을 드려 태어나게 되었다고 함)할아버지가 제당관리와 제물장만을 도맡아 해오고 있다.

77) 구비전승물 중 ① - ③까지는 『부산지명총람』361면 참조. ④ - ⑨까지는 김윤출(여, 77세)제보. ⑩은 이선순(여, 77세), 김말진(여, 84세) 제보. ⑪은 한성고(남, 52세, 현 마을이장) 제보. ⑫는 박상근(남, 77세) 제보.

쫓아내니 상여는 돌아서 물러갔고 그해에 동네에 홍진손님이 발생하지 않았다는 것이다. ③한 해는 당산제를 지내러 오면서 개똥을 밟았더니 제의를 지내고 보니 신이 당사 앞 나무에 걸려 있었다고 한다. 그리고 당산제를 지내는데 정신이 부실하면 제물을 차릴 때 제기가 벌벌 떤다고 한다. ④일제시대 때 일본순사가 당사를 옮기기 위해 당사 주위에 있던 당산나무를 베고는 그 자리에서 즉사하였으며, 그 일로 당사를 옮길 엄두를 내지 못하게 되었다고 한다. ⑤예전에 제주를 지낸 어떤 집에서 당산제 지낸 음식을 단지 안에 넣어 두었다가 사위에게 주었는데, 음식을 먹은 사위가 김해 줄다리기 구경을 가 친구들하고 어울려 개장국을 먹고는 그 자리에서 즉사하였다고 한다. ⑥ 동제를 모시기 위해 제의 전날 음식을 제당 안에 놓아두고 다음날 아침 일찍 제당에 가니 음식이 모두 땅에 흩어져 있었다고 한다. 이상히 여겨 신발을 보니 신발에 똥이 묻어 있었다고 한다. ⑦정월 대보름날 당산신이 현몽하기도 하는데, 만약 산신령이 쇠를 치고 동네로 들어오면 그 해 동네에 안 좋은 일이 많이 생긴다고 한다. ⑧당사 옆에 거주하던 어떤 이가 자신의 집을 가리고 있던 당산나무를 베었는데, 그 나무를 베고는 그 자리에서 죽었다고 한다. ⑨용만이 할매라는 분이 제당 앞 공터에서 보리타작을 하였는데, 보리타작을 하다가 눈이 멀게 되었다고 한다. ⑩마을 주민 중 한 할머니가 제당 안에 있던 삿자리를 자신이 사용하기 위해 집으로 가져 온 뒤 큰 병에 걸려 죽었다. ⑪2003년 공공근로자가 당사주위의 나뭇가지를 벤 후 마을 앞 도로에서 교통사고를 당해 발 일부를 자르게 되는 불상사를 겪었다고 한다. ⑫가락중학교 뒤(마을 입구)에 있었던 당산나무가 태풍으로 쓰러져 흉하게 되자 마을 사람들이 당시 이 마을 목수였던 배성황의 아버지한테 나무를 베게 하였는데, 나무를 벤 뒤 그 목수가 목숨을 잃었다고 한다.

(2) 개인제의인 가신신앙

개인제의는 한 가정에 있어서 가장 연로한 주부가 주관하여 세시에 따라 베푸는 가정제의를 말한다. 시대 변화의 추이에 따른 사회 문화적 변동으로 말미암아 민간신앙 가운데 급속히 소멸되고 있는 것이 개인제의라 할 수 있는데, 이 마을에서도 예외가 아니어서 업신·외양간신·측신[78] 등에 대한 제의는 찾아 볼 수 없으며, 성주모시기[79]·시주단지 모시기·조상단지 모시기·조왕신제·삼신모시기·영동할미 바람올리기·용왕먹이기 등만이 전승되고 있다.

① 시주단지 모시기.

가정의 안과태평과 자녀의 소원 성취 및 풍요를 관장하는 신격으로 신앙하는 시조단지를 이 마을에서는 '시주단지' 또는 '시준단지'라 칭하며, 신격은 추상적인 조상신으로 통상 여성신격으로 인식되나 이 마을에서는 남성신격으로 인식되기도 한다.

시주단지를 모시게 된 경위에는 대체적으로 시어머니로부터 물려받아 모시는 경우이며, 이 신을 모시면 조상들이 돌봐주어 집안이 편안하고 재수가 있으며 자식들이 잘된다고 속신하고 있다.

이 마을에 거주하는 황말재 할머니(여, 82세)의 경우 시어머니로부터 물려받아 지금까지 안방 장롱 위에 모시고 있다.

시주단지의 쌀은 매해 음력 9월 9일 날 이른 아침에 그 해 수확한 햅쌀(깨끗한 나락 한 섬을 따로 보관하였다가 찧어 사용하거나 찐쌀을 만들어 넣기도 한다.)로 갈아 넣고 간단한 제의를 베푼다. 시주단지에 쌀을 갈아 넣을 때는 먼저 제를 주관하는 주부가 목욕재계를 한 뒤 깨끗한 옷으로 갈아입고, 간단한 제물을 준비한다. 시주단지를 모실 때 제물로는 밥·나물·과일을 올리 되, 생선과 고기류는 올리지 않는다. 제물을 진설한 다음에는 촛불을 켠 뒤 비손한다. 비손의 내용은 "시준할배님요 우짜든지 집안 잘되고 자슥들 잘

---

78) 이 마을에서는 측신을 '주당신'이라 칭한다. 주당신의 신체를 모시거나 주당신에 대한 제의를 베푸는 가정은 없으나, 변소에 빠지거나 변소에서 넘어지는 것은 주당신 때문이라 속신하며 이를 '주당 걸렸다'라 한다.
79) 이 마을에서는 성주 신체가 따로 없는 걸궁성주이다. 성주신에 대한 제의는 따로 베풀지 않으나, 설·추석 차례를 지낼 때 간단한 제물을 진설한 뒤 성주신께 먼저 예를 갖춘다.

사진70 - 시주단지(황말재 댁)

사진71
조상단지(김호선 댁)

126 김해 가락오광대

되게 해주시고 소원성취하게 해주이소"이다. 비손이 끝나면 식구 수대로 소지를 올린다. 제의를 마치면 시주단지를 내려 깨끗한 종이 위에 쌀을 붓고는 햅쌀로 갈아 넣은 뒤 한지로 덮은 뒤 봉안해오던 장소에 봉안한다.

제의는 시주단지에 햅쌀을 갈아 넣을 때 간소한 제물을 차려 제의를 올리고 나면 그만이나, 설·추석 차례를 올릴 때 나물·밥·국 등 제물을 따로 차려 제를 지내기도 한다.

시주단지 안의 쌀이 깨끗하면 집안이 편안하고, 쌀에 벌레가 생기거나 쌀이 변질되면 집안에 우환이 생긴다고 속신한다. 시주단지 안의 묵은 쌀로는 밥을 지어 먹는데, 밥을 지어 먹을 경우에는 집안사람들만 나누어 먹으며 타인에게는 절대로 주지 않는다. 이 때 육고기나 생선류의 반찬을 금하고 남새와 김치로만 반찬 한다.

② 조상단지 모시기

조상단지는 선대의 조령 중 무주고혼과 원령에 의해 집안에 우환이 끊이지 않을 때, 점바치 또는 무당의 권유로 원한이 많은 조령을 모시어[80] 위무하는 경우가 대부분이다.

이 마을의 김호선(여, 73세)할머니의 경우 시집온 지 얼마 되지 않아 원인을 알 수 없는 병으로 오랫동안 고생을 하였다 한다. 그로 인해 굿을 하게 되었는데, 그 때 무당이 병의 원인이 생전에 자식을 두지 못해 남편과 시댁으로부터 학대와 냉대를 받아오다 화병으로 세상을 떠나게 된 시어머니신이 영매한 탓이라 하여, 시어머니신을 모실 것을 권유해 그 때부터 모시게 되었다고 한다.

이 할머니는 조상단지에 대한 신앙심이 대단하며, 간혹 조상신의 신력으로 아픈 이를 사혈로 치료해주기도 한다. 조상의 신체는 단지안의 쌀이며, 조상

---

80) '시준단지' '제석단지' '조상단지'를 동일한 신앙태로 보고 '조상단지'를 전국적인 통칭으로, '시준단지'와 '제석단지'를 경상도와 전라도 지역에서 각기 통용되는 용례로 규정하는 경향이 있으나 '시준단지' '제석단지'와 '조상단지'는 조령을 모시는 것에서는 동일하나, 조령의 성격과 봉안의 동기에서 확연한 차이를 갖고 있어 다른 신앙태로 보아야 한다.(황경숙, '동남해안지방의 전통적 조상숭배신앙', 『부산의 민속문화』, 세종출판사, 2003, 259-279면 참조.)

신체는 안방 장롱 위에 좌정하고 있다. 예전에는 부엌 선반에 모셨는데, 얼마 전 시어머니 신이 현몽하여 안방에 모셔줄 것을 청해 안방으로 옮겨 모시게 되었다고 한다.

조상단지에 대한 제의는 매달 초하루와 보름에 간단한 제물을 차려놓고 비손하며, 특별한 음식과 재물이 들어오면 먼저 조상단지께 올린다. 조상단지 안의 쌀은 매해 섣달 그믐날 새벽에 할머니가 혼자 엄숙하게 간단한 제의를 베푼 후 햅쌀로 갈아 넣는다. 그 절차는 시주단지와 같다. 단지 안의 쌀로는 밥을 지어 할머니만 음복한다. 이 때 비린 반찬을 금하고 남새와 김치만으로 반찬한다.

③ 조왕모시기

조왕은 가택신 가운데 하나로 부엌을 관장하는 화신(火神)이며 신격은 여성신격이다. 이 마을에서 조왕을 모시는 제의는 주부가 주관하며 부엌에서 행한다. 조왕신에 대한 제의는 약식화된 형태로 거행되어 특별한 제물을 진설하거나 소지를 올리는 일은 없다.

조왕신체는 따로 없으며, 밥을 지어 먹는 솥을 조왕솥이라 칭한다. 조왕신에 대한 제의는 정월 대보름날 길한 시간을 택해 행한다. 제의 방식은 조왕솥 뚜껑을 뒤집어 뚜껑에 쌀을 가득 담은 뒤 가운데에 촛불을 켜고 비손한다. 비손할 때 이령수는 "성주조왕님네요 우짜든지 재수있게 해주시고 소원성취 해주이소"다. 조왕솥에 밝혀둔 촛불은 밤새도록 켜두며, 쌀로는 다음날 아침을 지어 먹는데, 이 때 음복은 가족끼리만 한다. 한편, 이사를 하게 될 때에는 이삿짐을 옮기기 전에 조왕솥 안에 요강과 팥시루떡을 넣어 이사할 집으로 먼저 옮겨놓은 뒤 이삿짐을 옮긴다고 한다. 이렇게 하면 가정이 편안해지고 재수가 좋다고 한다.

④ 삼신모시기

이 마을에서는 아이의 잉태 및 출산, 양육을 관장하는 삼신을 '삼신할매'

‘제왕할매’ ‘삼신제왕할매’ 라 칭한다, 삼신의 신격은 여성신격으로 삼신모시기는 앉은 삼신(삼신바가지를 신체로 하여 항시적으로 모시는 삼신), 뜬 삼신(출산 때 임시로 모시는 삼신)으로 나누는데, 이 마을에서는 앉은 삼신은 모시지 않고 뜬 삼신만 모시며 여타 개인제의에 비해 상대적으로 강한 전승력을 가지고 있다.

출산과 관련해 삼신 모시기를 할 경우, 산모가 아이를 출산하면 산모가 있는 방의 손 없는 곳을 택해 ‘제왕판’을 차린다. 제왕판에는 주로 미역·쌀·정화수를 올리는데, 어떤 가정에서는 아이의 명이 길어지길 기원하여 실타래를 함께 올리기도 한다. 제왕판 옆에는 짚을 한 다발 묶어 세운다. 제왕판을 차려놓는 기간은 집집마다 달라, 길게는 7·7(일곱 치레)에서 짧게는 1·7(한 치레) 동안 차려둔다고 하는데, 대체적으로 3·7(삼 치레) 동안 차려 놓고 있다. 삼신을 모시고 있는 동인 새로운 음식이 들어오면 민저 제왕판에 올려 삼신께 고한 후 먹어야 하는데, 만약 이를 어길 때에는 신벌을 내린다고 한다. 김말진(여, 84세) 할머니의 경우 출산 후 엿을 제왕판에 올리지 않고 그냥 먹었더니 그 날로 젖이 말라 나오지 않게 되었다고 한다. 그래서 삼신할매의 신벌로 여겨 목욕재계하고 제왕판 앞에서 잘못을 빌었더니 그 뒤로 젖이 예전처럼 나오게 되었다고 한다. 이 선순 할머니(여, 77세)의 경우 출산 후 사탕을 제왕판 위에 올리지 않고 그냥 먹었더니 아이의 눈동자에 사탕과 같은 티가 생겨났다고 한다. 그리하여 목욕재계하고 제왕판 앞에 꿇어앉아 “미천한 중생이 모르고 그랬으니 부디 용서 하이소”라 비손한 뒤에야 아이의 눈동자가 정상으로 돌아왔다고 한다.

삼신을 모시는 동안에는 산모뿐만 아니라 그 가정의 식구들까지 부정한 것을 가린다. 삼신을 모시는 동안에 행하는 금기로는 ①가축을 살생해서는 안 된다. ②초상·혼사·출산 등이 있는 집을 방문해서는 안 된다. ③상주를 집 안에 들여서도 안 된다. ④부엌의 재를 치거나 구들장을 고쳐서는 안 된다. ⑤밥을 지을 때 밥물을 넘기지 않아야 하며 빨래를 삶아서도 안 된다 등이 있다. 만약 금기를 어겼을 경우 산모의 젖이 적어지거나 아이가 언챙이가 되거나 거품을 내고 올리는 등과 같은 해로운 일이 따른다고 속신한다.

⑤ 영동할미제(이월 바람 올리기)

풍신인 영동할미를 이 마을에서는 '바람할미'·'이월 영동할만네'·'영동할마씨'라 칭하고, 제의를 베푸는 것을 '바람할미제'·'바람올린다'라 칭한다. 이 제의는 집안의 할머니(혹은 며느리)가 주관이 되어 집안의 평안과 가족들의 건강 및 농사의 풍년을 기원하는 목적에서 지낸다.

제의는 일반적으로 영동할미가 지상으로 내려오는 2월 초하루로부터 초나흘사이에 길일을 택해 행하는데, 어떤 가정에서는 영동할미가 올라가는 2월 스무날에 지내기도 한다. 제는 가정에서 가장 연만한 부인이 주관한다. 제를 주관하는 이는 영동할미가 내려오는 날 대문밖에 금줄을 치고 집 주위에는 산골짜기에서 가져온 깨끗한 황토를 문 앞 양쪽 3군데에 놓아 부정을 가린다. 제를 지내는 당일에는 새벽에 깨끗이 목욕을 하고 정갈한 옷으로 갈아입은 뒤 정화수를 떠 깨끗한 그릇에 담아 장독대 위에 짚을 깔고 올려놓는다. 예전에 샘에 가서 정화수를 길어 올 때에는 남보다 먼저 길어오면 좋다고 하여 앞 다투어 정화수를 떠오기도 하였으며, 정화수를 길으러 갈 때나 길어올 때 부정한 것을 보거나 다른 사람을 만나면 좋지 않다고 하여 부정한 것은 물론 다른 사람과 부딪치지 않도록 조심하기도 하였다고 한다. 정화수는 영동할미가 올라갈 때까지 매일 아침 새것으로 갈아 엎는다. 제를 모시는 장독대에는 영동할미에게 바치는 오색 천조각이나 삼색 천을 장독귀에 달아 놓거나 장독 위에 그냥 올려놓기도 한다. 그리고 제물을 진설하는데 제물로는 찰밥·나물·떡·생선·과일 등이며 뚜렷한 격식 없이 장독대 위에 짚을 깔고 그 위에 진설하거나, 장독대 앞에 멍석이나 돗자리 혹은 짚을 깔고 그 위에 진설하기도 한다. 찰밥은 큰 양푼에 담고 식구 수대로 숟가락을 꽂아 놓으며, 나물은 접시에 따로 옮겨 담지 않고 조리했던 그릇 그대로 올려놓는데, 이 때 여러 개의 젓가락을 걸쳐놓는다. 제물을 진설한 뒤 촛불을 켜고 비손한다. 비손의 내용은 "제석님네요, 일 년 열두 달 시절 잘되고 집안 편케 해주이소"

이며 비손이 끝나면 식구 수대로 소지를 올린다.

소지가 끝나면 철상을 하고 음복한다. 철상 때 진설한 제물을 조금씩 떼어 짚으로 싸 만든 끄렁지밥을 동·남·북 세 방향에 놓아 잡귀를 풀어먹인다. 음복은 가족을 비롯하여 이웃 사람들과도 함께 한다. 영동할미에게 바쳤던 오색 천조각으로는 골무와 버선을 만드는데, 그렇게 하면 여자아이에게 좋은 일이 생길 뿐만 아니라 바느질 솜씨가 좋아진다고 속신한다. 한편, 영동할미께 바친 천조각으로 만든 고름이나 띠, 주머니를 아이가 착복하면 명이 길어진다고 한다.

이월 영동할미 바람 올리기는 각 가정마다 그 시기를 달리하여 행하지만 공통적으로 제를 지내는 횟수는 한 번이며 바람 올리고 난 뒤부터 영동할미가 올라갈 때까지 매일 장독대 위에 정화수를 새것으로 갈아 얹는다. 제의를 마친 뒤 정화수는 깨끗한 곳에 버리며 정화수를 담았던 그릇은 제를 지낸 후 그대로 장독대 위에 올려놓기도 하고, 일상적으로 사용하기도 하는데, 비린 것은 이후에도 담지 않는다고 한다.

영동할미가 오르내릴 때와 관련하여 이 지역에서는 상천(上天) 중천(中天) 하천(下天) 이라는 말을 쓰고 있다. 할미가 처음 지상으로 내려오는 2월 1일을 '상천', 영동할미가 지상에 머무르는 시기인 2월 10일을 '중천', 영동할미가 올라가는 2월 20일을 '하천' 이라고 칭한다.

영동할미날 바람이 불면 영동할미가 딸을 데리고, 비가 오면 며느리를 데리고 내려온다고 한다. 영동할미는 용심이 많아서 딸을 데리고 내려올 때에는 딸의 맵시를 돋보이게 하기 위해서 바람을 대동하고, 며느리를 데리고 올 때에는 반대로 며느리의 맵시를 밉게 하기 위해서 비를 대동한다고 하는데, 영동할미가 딸을 데리고 오면 가뭄이 들어 그 해 농사는 흉년이 들고, 며느리를 데리고 오면 그 해에는 풍년이 든다고 속신한다.

영동할미께 바치기 위한 나락을 새가 먼저 까먹으면 그 자리에서 새가 즉사한다고 할만큼 영동할미는 영검하고 까다로운 신이기에 정성이 부족하거나 부정을 타면 집안에 우환이 끊이지 않는 신벌을 받게 된다고 속신한다. 영동할미와 관련한 금기로는 ①제를 지낼 동안 부정한 것을 보거나 부정한 곳에 출입해서는 안 된다, ②제를 지낼 동안 부부합방을 해서는 안 된다, ③제물을 조리할 때 간을 보아서는 안 된다, ④이달에는 혼사를 하거나 이사를 가지 않는다, ⑤초상집에서는 빈소를 차렸더라도 문상을 받지 않는다 등이다.

⑥ 용왕 먹이기

용신에 대한 제의를 '용왕제' '용왕먹이기'라 칭한다. 이 제의는 각 가정의 주부가 주관하며 안과태평과 소원성취를 기원하는데, 제의 장소는 마을 앞 강가이다. 제의는 주로 정월 대보름날에 많이 행하며 가정에 따라서는 정초에 지내기도 한다. 제의 당일 주부는 아침 일찍 목욕재계를 한 뒤, 나물·떡·밤·대추·과일·마른명태 등 제물을 준비한다. 이 때 고기류는 쓰지 않는다고 한다. 장만한 제물을 들고 용왕먹이기 위해 제의 터로 가는 도중 죽은 짐승이나, 상주를 보았을 경우는 부정 탄다고 여겨, 용왕을 먹이지 않고 그 자리에서 집으로 되돌아온다.

용왕먹이기의 제차는 먼저 제의를 베풀 강가에 깨끗한 한지를 깔고 그 위에 제물을 진설한다. 제물 진설이 끝나면 촛불을 켜고 비손한다. 비손의 내용은 "동해바다 용왕님네, 서해바다 용왕님네, 남해바다 용왕님네, 북해 바다 용왕님네, 사해 용왕님네요. 어짜든지 일 년 열두 달 집안 편코 자슥들 소원 성취해주이소", "앞 당산에 신령님요, 뒷 당산에 용왕님요, 한 가지라도 낙방 없이 일일이 도와 주이소. 우리 가문에 재수있도록 일일이 도와 주이소" 등이다. 비손이 끝나면 식구 수대로 소지를 올린다. 이 때 소지종이의 재가 흩날리는 모양새로 길흉을 점치기도 한다. 제의가 끝나면 철상을 한다. 용왕제에 진설한 음식은 집으로 가져올 수 없기에 강물에 띄우거나 깨끗한 곳에 뿌린다.

3) 죽림마을 민속문화의 특징

앞에서 죽림마을의 세시풍속과 민간신앙을 살펴본 바 다음과 같은 몇 가지 특징을 적출할 수 있었다.

첫째, 시대적 변화의 추이에 따라 통상적으로 공동의례는 점차로 약화되고 개인의례가 주류를 이루고 있는 경향을 보이고 있는데, 이 마을의 경우는 개인의례보다 당산제와 달집태우기 등 공동의례에서 상대적으로 강한 전승력을 보이고 있다.

당산제의 전통성은 인근 마을의 당산제 현황[81]과 대비해 볼 때 보다 더 두드러지게 나타난다. 예컨대, 죽림마을과 인근한 가락동 마을 중 둔치도(가락동 2통)·고정(가락동 3통)·용등(가락동 4통)·시만(가락동 6통)·중사도(가락동 7통)·죽농2구(가락동 9통)·송신(가락동 10통)·금천(가락동 11통)·신기(가락동 14통)·통전(가락동 15통)·대흥(가락동 16통)·해포도(가락동 17통)의 경우는 당산제가 원래부터 없었으며, 반면에 식만(가락동 5통)·죽동1구(가락동 8통)·봉림(가락동 12통)·봉하(가락동 13통)의 경우는 과거에 당산제를 지냈으나 약 50-60여 년 전에 소멸되어 지금은 당산제를 지내지 않고 있다. 식만과 봉림의 경우 당사는 물론 당산나무의 흔적을 찾아볼 수 없으며, 죽동1구와 봉하마을의 경우 당산나무만 남아 있을 뿐이다. 즉, 현 가락동(옛 가락면)[82]일대에서 죽림마을만이 당산제 전통을 계승해 오고 있을 따름이다.

근래 이 마을에서는 '달집태우기' 민속을 독자적인 지역문화로 발전계승하기 위해 종래 들판에서 행해왔던 것을 마을 앞 강변으로 옮겨와 행하고 있다. 달집을 배와 연결해 낙동강에 띄우고, 풍물패들이 배를 타고 달집 주위를 돌며 굿을 치면, 참가자들은 강변에 설치한 금줄에 자신의 소망을 적은 종이를 끼우며 제액초복을 기원하는 새로운 모습으로 거듭나고 있다. 전승되는 민속문화

---

81) 2004년 5월 20일에서 6월 20일까지 현지조사.
82) 1914년에 가락면(식만·죽림·죽동·봉림)과 덕도면(대사·덕도·제도·북정)이 가락면으로 통합되었으나 1978년에 덕도면이 부산시 강서구 강동동으로, 1989년에는 가락면이 부산시 강서구 가락동으로 각각 편입되었다.

를 새롭게 해석하고 독자적인 지역문화로 거듭나게 하고자 하는 노력 속에서 죽림마을의 문화적 저력과 역동적인 민속문화의 전통성을 확인할 수 있다.

둘째, 가락면의 대표적인 마을굿으로 자리해온 죽림 마을의 정월 대보름 마을굿의 고형은 '지신밟기 → 당산제 → 줄다리기 → 달집태우기 → 오광 대 → 지신밟기' 순으로 대보름 세시의례를 총 망라하고 있다 해도 과언이 아닐 정도로 다채롭게 편성되어 있다. 이 중 지신밟기의 판굿에서 연행된 '투 전놀이'는 가락오광대와 함께 민속연희의 독자적인 세계를 보여주고 있어 특 히 주목된다. 판굿의 극놀이인 '투전놀이'의 경우, 밀양83)과 동래지방84)에서 는 포수의 돈을 가로채기 위한 책략으로, 빼앗긴 돈을 되찾기 위한 책략으로 '투전놀이'가 부분적으로 행해지나, 죽림마을에서는 투전놀이 그 자체를 통 해 걸립의 제의적인 의미를 구현하고 있다는 데서 큰 차이점을 보이고 있는 것이다.

대체적으로 지신밟기는 당산제를 거행한 뒤 행해지나 이 마을에서는 지신 밟기를 당산제에 선행해 연행하며, 당산제를 지내는 대보름에는 행하지 않는 다. 이 마을의 마을굿은 대보름날 새벽(14일 밤 자정무렵) 당산제를 지낸 뒤, 낮에는 그 해 풍년을 기원하고 지역 구성원들의 횡적 유대감을 도모하는 줄 다리기를 행하며, 보름달이 떠오를 때와 맞추어 풍요를 기원하는 동시에 마 을의 모든 재액을 물리치고 복을 기원하는 달집태우기를 한 다음, 밤에는 마 을 공터에서 오광대패를 중심으로 삶의 갈등의 제 양상들을 놀이로 풀어내고 신명을 지피는 축제의 마당으로 승화시키는 구조를 띠고 있는 것이다. 이러 한 마을굿 구조는 큰 맥락에서 '지신밟기 → 산신제 → 탈놀이'의 순서로 연 행되는 수영야류와 동궤이나 줄다리기와 달집태우기와 함께 어우러져 연행

---

83) 대포수가 돈을 가지고 있음을 알아차린 하동이 돈이 탐나 대포수에게 투전놀이 할 것을 제안하여 투전놀이를 벌이나 오히려 돈을 잃게 되자 대포수의 돈을 빼앗아 달아 난다. 결국 하동을 잡아 돈을 되찾은 대포수는 그 돈을 사대부에게 상납한다. (정병 호, 『농악』, 열화당, 1994, 98면 참조.)

84) 포수가 주걱을 훔친 뒤 주인에게 되파는 과정에서 포수의 돈을 사대부가 빼앗는다. 사대 부에게 빼앗긴 돈을 되찾기 위해 포수는 사대부와 투전판을 벌려 돈을 되찾게 된다. 이 때 하동이 나타나 포수의 돈을 가로챈다. 다시 돈을 빼앗긴 포수는 하동에게 각시를 넘겨 주어 돈을 되찾는다.(『동래들놀음』, 동래야류보존회, 1989, 268-269면 참조.)

된다는 점에서 차이를 보이고 있다.

오광대 연희는 물론 죽림마을의 마을굿이 대규모로 행해질 수 있었던 데는 수운교통의 중심지이자 상품 유통의 중심지로 기능했던 사회경제적 구조에 따른 풍부한 물적 기반이 중요한 요인이 되었을 것이다. 이와 더불어 문화교류의 중심지로 자리해 오면서 토착문화를 바탕으로 문화중심지로서의 위상을 더욱더 다져가고자 했던 지역민의 내재적인 문화적 욕구 또한 중요한 요인으로 작용했을 것으로 생각된다.

셋째, 이 마을 당산신은 오봉산 산신으로 신격은 여신이다. 이는 고대인의 원형적 사유라 할 수 있는 '산신＝여신'의 전통을 그대로 계승하고 있는 것이다. 이러한 관념은 특히 신라 가야문화권에서 보다 강한 전승력을 가지고 있 있딘 비, 고대 가야산 산신은 정견모주(正見母主)요, 선도산 신모가 사소(娑蘇)요, 치술령 산신이 박제상의 처요, 운제산 성모가 남해왕의 부인인 운제(雲帝)부인이다. 또한, 신라 때 대사(大祀)를 지낸 세 산 (奈歷·骨火·穴禮)의 신 모두 여신이었다.[85] 가야시대나 신라시대로부터 이 지방에 생존한 민중들은 산신을 자기들의 생존을 보호하고 보장해주는 여신으로 관념하고 산신에 대하여 경외심을 가지고 숭배한 전통을 가져왔는데, 그러한 전통이 가장 잘 남아 있는 곳이 바로 죽림마을이라 할 수 있다.

넷째, 금기사항에는 유사주술과 감염주술 관념이 크게 작용하고 있는데, 전체적으로 볼 때 신체와 의식주와 관련된 금기사항에 비해 세시나 생업 및 당산제와 민간신앙과 관련된 금기사항이 상대적으로 두드러지게 나타나고 있다. 점복은 개인의 운수나 건강을 미리 알아보기 위한 사례보다 거의 대부분이 명절이나 특정한 절기의 날씨를 보고 그해 농사의 풍·흉을 예측하고자 하는 사례들에 집중되어 있으며, 이방 행위 역시 기풍·기복·기신 행위의 사고와 맞물려 액막이나 질병예방, 그리고 농사나 사람에게 해로운 조수나 해충을 예방하는 데 집중되어 있다. 기축은 세시의 진행에 따라 민간의 속신에 바탕을 두고 뚜렷한 대상신 없이 개인의 장수·치병·안녕·재수·

---

85) 황경숙, '삼국·통일신라시대 부산의 민속문화', 『부산의 민속문화』, 세종출판사, 2003, 246면 참조.

다복이나 제액을 비는 것과 함께 농사의 풍요와 마을의 안녕을 기원하는 것 역시 중요하게 자리하고 있다. 개인보다는 집단을 우선시 하는 사유관을 엿볼 수 있으며, 상대적으로 주술적 관념이 강할 뿐만 아니라 민간신앙에 대한 강한 전승력을 보이고 있음을 알 수다.

3. 김해 가락오광대의 민속학적 접근

여기서는 죽림마을의 민속현장과 관련 제보자들의 증언을 중심으로 김해 가락오광대의 연희 시기, 연희 시간과 공간, 연희의 경제적 기반, 연희의 전승과정을 살펴보고자 한다.

1) 연희시기

김해 가락오광대는 정월 대보름 마을굿의 일환으로 연희되었다. 그간 김해 가락오광대와 관련한 논의에서 논자들마다 혼선을 빚었던 사항이 죽림마을의 마을굿 구조와 가락오광대 연희와의 상관성 및 연희 시간과 연희 장소였다. 먼저, 기존의 논의를 살펴보자. .

> ㉠ 매년 정월 보름에 주로 놀았는데, 동제가 끝나면 탈꾼들은 마을의 재력이 있는 집을 위주로 순회하면서 찬조와 향응을 받으며 공연했다. 잽이를 앞세운 탈꾼들이 큰 집의 마당에 이르면 먼저 한바탕 마당놀이를 했으며, 이어서 탈놀이판을 벌였다. 판놀이가 끝난 다음에는 샘굿 성주굿 조왕굿 장독굿 뒤지굿(고방굿) 등 지신밟기를 해 주었다.[86]

> ㉡ 연희는 정월 대보름에 하였다. 죽림리에서는 상원에 탈놀이를 하기 위해서, 정월 초하루부터 가가호호를 다니며 걸립(乞粒, 지신밟기)를 하여 경

---

86) 서연호,『야류・오광대탈놀이』, 열화당, 1989, 57면.[김상기(1910-) 이동근(1914-) 배몽기(1923-)옹의 제보에 따랐다.]

비를 조달하는 한편, 가면을 만들고 연습하였다. 대보름날에는 당산제를 모시고, 낮에는 풍년을 기원하는 줄다리기를 하였으며, 밤에는 마을의 태평안녕과 벽사진경(辟邪進慶)을 바라는 탈놀음을 하였다.[87]

ⓒ 죽림리의 마을굿은 음력 초닷새에 당산제(堂山祭)- 당산나무는 포구나무이고, 당집은 없으며 당신은 여신이다.-를 지내고 보름까지 걸립을 치고 저녁에 보름달이 뜨면 선창가에서 오광대를 논 다음 달집태우기를 하고 걸립 때 쓴 고깔을 태우는 것으로 끝났다고 한다.[88]

죽림리 마을굿 연행구조에 대해 ⊙에서는 정월 대보름에 행하며 절차는 '당산제 → 오광대 → 지신밟기' 순으로 ⓛ에서는 정월 대보름에 행하며 절차는 '지신밟기 → 당산제 → 줄다리기 → 오광대' 순으로 ⓒ에서는 징월 초닷새에 '당산제'를 지내며, 대보름굿의 절차는 '지신밟기 → 오광대 → 달집태우기' 순이라 하였다.

현지조사 결과 죽림마을 마을굿의 연행 절차는 정초로부터 시작하여 정월 대보름 전날까지 '지신밟기'를 행하며, 정월 대보름에는 '당산제 → 줄다리기 → 달집태우기 → 오광대' 순으로 마을굿을 행한다. 즉, 김해 가락 오광대의 연희는 정월 대보름날 밤, 마을 수호신에 대한 제의와 풍요를 도모하고 벽사진경을 꾀하는 세시의례를 행한 후 지역민의 화해와 통합을 꾀하는 축제의 장을 형성하여 마을굿을 실질적으로 종결짓는 의미로 연행되었다 할 수 있다.

2) 연희 시간과 공간

김해 가락오광대가 정월 대보름에 연행되었던 점은 공통적이나 구체적인 연희 시간과 연희 장소에 대해서는 차이를 보이고 있다. 앞 장의 ⊙에서는

---

87) 강용권, 『부산지명총람』 제5권-강서구편-, 부산광역시 편찬위원회, 1999, 355면.
88) 박진태, '김해 가락오광대의 지역문화적 특성 -유래담·대본·탈을 중심으로', 『전환기의 탈놀이 접근법』, 민속원, 2004, 294면. [(김해민속예술보존회 부회장인 이명식(李明植, 1951년 생)이 그의 선친 이재용(1921년 생)에게서 들은 제보를 따랐다.]

보름날 낮, 마을의 큰 집 마당 ㉡에서는 보름날 밤 ㉢에서는 보름날 낮, 선창가라 하여 역시 차이를 보이고 있다.

연희 시간에 대해 ㉠과 ㉢에서는 대보름날 낮에 ㉡에서는 대보름날 밤에 연희한 것이라 하여 차이를 보이고 있다. 연희 장소에 대해 ㉠에서는 오광대의 연희장소가 마을의 큰 집 마당이라 하였으며, ㉢에서는 선창가라 하였다.

먼저, ㉠의 경우 문맥으로 볼 때 우선 납득하기 힘든 점은 오광대가 지신밟기에 선행에 연행된 놀이로 각 가정 지신밟기 때마다 판굿의 일환으로 연희하였던 것으로 설정하고 있다는 것이다. 이는 오광대 연희가 대보름날 수차례 반복하여 연희하였다는 것으로, 사실상 불가능하며 실제 이 마을의 마을굿의 구조와 위배됨은 물론 오광대 연희 목적과도 위배되는 것이라 할 수 있다. ㉢의 선창가는 구체적인 장소를 명시하지 않아 다소 미진한 부분이 있다.

김해 가락오광대가 마을굿을 마무리 짓는 축제의 마당으로 연행되었던 만큼 연희 시간은 대보름날 밤이었음을 알 수 있다. 김해 가락오광대 공연을 지켜본 마지막 생존자로 김해 가락오광대의 산 증인이라 할 수 있는 박상근의 제보를 살펴보자.

> 박상근: 아마 내가 다섯 살 무렵이었지 싶네요. 어릴 적에 어른들 따라 대변마당에서 오광대 놀이 하는 걸 봤는데 뭐 그리 많이 기억나는 것은 없고, 밤에 횃불을 사방에 키놓고 하는데, 탈을 쓴 양반이 긴 지팡이를 말뚝이에 갖다가 소리치며 휘두르는 기억이 나는데 그때 얼마나 무서웠던지. 어릴 때라 뭐 그 정도 기억이 머리에 남아있어요, 그 장면이 머릿속에 남아있어요.

박상근의 제보를 통해 김해 가락오광대의 연희 시간과 장소는 물론 단편적이기는 하지만 당시 연희의 단면을 엿볼 수 있다. 위 제보에 의하면 김해 가락오광대는 정월 대보름날 밤, 횃불을 밝힌 대변마당[89]에서 연희하였다는 사

---

89) 김덕명(현 경남 무형문화재 제 3호 한량무 보유자)이 오광대 전수과정에서 마을 촌로들에게 들은 바에 의하면, 대나무 장대에 횃불을 고정시켜 놀이판 주위에 설치해 놓았다고 한다.

사진72 - 옛 대변마당에 해당하는 지점

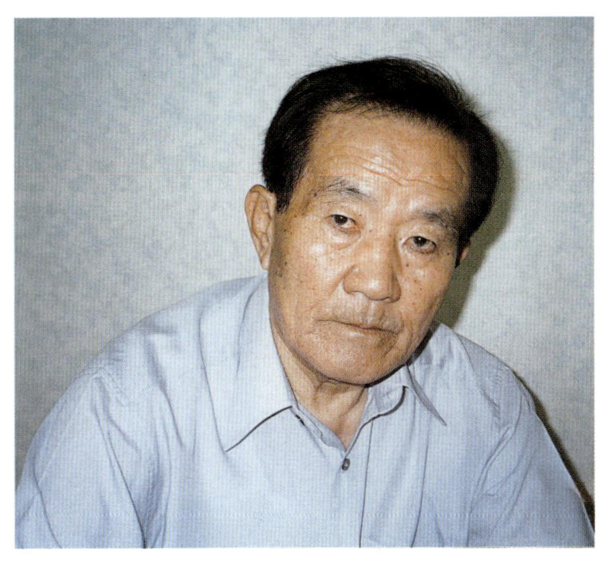

사진73
박대봉
(1892-1964,
꽹과리, 상여앞소리)의
아들 박상근 씨

실을 알 수 있다. 이러한 사실은 현재 이 마을 주민들에 의해서도 재차 확인되었다.

김해 가락오광대의 주된 연희장소였던 '대변마당'이란 예전에 이 마을 유지였던 김성학씨 집 바깥마당을 말한다. 대변마당의 위치는 김성학 씨 집(현 농협건물에서 마을 안쪽으로 약 50미터에 위치)대문 앞에서부터 낙동강변에 이르는 넓은 공터로 해창 부근의 선창가와 인근한 지역이다. 현재 이곳은 일부는 건물이 들어서고 일부는 도로가 되어버려 옛 모습을 찾아볼 수는 없지만, 과거 이 마을의 중요한 행사는 주로 이곳을 중심으로 이루어져왔다 한다. 이곳에서 대보름날에 행하는 줄다리기의 줄을 만들거나 줄을 잇는 행사를 거행했을 뿐만 아니라, 풍물굿 연희의 중심지였으며, 오광대 연희장소이기도 하였다 한다.

광장으로서, 신성공간으로서, 신명을 풀어내는 축제의 장으로 죽림마을의 문화적 구심점으로 기능해왔던 이곳을 '대변마당'이라 칭하게 된 데는 조선 중기 이 마을에 창설된 '대변청(待變廳)'과 밀접한 관련이 있는 것으로 보인다. 대변청은 마을이 형성되기 전 창설되어 300여년 넘는 역사를 지역주민들과 함께 하였다.[90] 뿐만 아니라 실제 '대변마당'의 위치 또한 옛 대변청에 속해 있었던 지역과 그리 멀지 않다. 즉, 마을 공동체문화의 중심이 되었던 이 공간을 대변마당이라 칭하데 된 것은 대변청이 갖는 상징적 의미와 더불어 실제 대변청에 속해있었던 공간과 인접한 데서 비롯된 것으로 생각된다.

3) 연희의 경제적 기반

김해 가락오광대 연희에 소용되는 비용은 정초 지신밟기를 통한 걸립 비용과 마을 공동기금으로 충당하였다 한다.

죽림리는 농업이 발달한 곳이지만 이와 아울러 조세곡물을 수납하였던 해

---

90) 대변청은 인조24년인 1646년에 낙동강으로 왜적이 침범하는 변고를 막기 위해 창설된 것으로 병졸과 역졸들이 상주하며 군영을 확립하였으며, 주로 전함과 군기를 건조하였다. 대변청은 300여년 넘게 존속해오다 고종 33년인 1896년 7월에 폐지되었다. (『부산지명총람』제5권-강서구편, 364면.)

창[91]과 서낙동강을 사이에 두고 죽림과 강동의 덕도를 연결하던 죽림 도선장이 있었던 곳으로 김해 지역의 수운 교통의 요충지이자 상품 유통의 중심지가 되었던 곳이다. 이러한 사회경제적 구조로 말미암아 죽림마을의 경제적 기반은 일찍부터 탄탄하게 조성될 수 있었으며 이를 바탕으로 다양한 민속문화를 꽃피울 수 있었다. 특히, 마을 공동기금의 충분한 확보는 보다 실질적인 문화창출의 원동력이 되었는데, 1934년 녹산수문이 생기기 전까지 이곳은 낙동강을 따라 밀양, 진주, 삼량진 등지로 항해하는 어선, 상선, 짐선 들이 거쳐 가는 관문이었다. 이에 마을 포구를 이용하는 배들이 지불하는 정박료(일제 강점기 때 한 척 당 1원이었다고 함)는 모두 마을 공동기금으로 활용되었다 하는데, 그 규모가 상당했다고 한다. 또한 이 시기 마을 공동으로 정미소를 운영하였는데, 그 수익금 일절도 마을 공동기금으로 활용되었다고 한다. 오광대 연희는 물론 죽림마을의 마을굿이 대규모로 행해질 수 있었던 데는 이러한 사회 경제적 기반이 중요한 물적 토대가 되었다 할 수 있다.

김해의 관문항으로 입지를 다져갔던 죽림마을은 치수사업의 일환으로 녹산수문이 생기면서 서서히 쇠락의 길을 걷기 시작하였다. 이 시기를 기점으로 죽림마을의 대보름 마을굿의 규모 역시 축소되기 시작하여 1934년 이후에는 마을굿에서 오광대의 연희가 중단되었으며,[92] 1940년경에는 인근마을 주민들까지 참여하였던 대규모 줄다리기행사가 사라지게 되었다.

4) 연희의 해외공연

김해 가락오광대가 언제, 어떤 연유에서 연희가 중단되었는지에 대해서는 정확히 알려진 바 없다. 송석하, 최상수, 강용권 등이 일제 강점기 때 일본의 민족문화 억압 정책으로 말미암아 1937년에 연희가 중단된 것으로 보았을 뿐이다. 그런데, 박상근, 김은배, 김덕명[93]에 의하면 1940년 초반에 이 마을

---

91) 조선후기 1649(효종 즉위년)에 김해부사 박경지가 해창을 세워 중앙으로 조세곡식을 수납하였다. 김해군, 『내고장 전통』, 1983, 33면.
92) 박상근의 제보에 의하면 1934년 대보름날 밤 대변마당에서 오광대 연희를 본 이후 마을굿에서 오광대 연희를 본 적은 없었다고 한다.

오광대 연희자들이 일본으로 진출하여 공연한 바 있다고 한다. 김해 가락오
광대의 일본 진출은 김해 가락오광대의 연희사적인 측면에서는 물론 우리나
라 공연문화사적인 측면에서 주목된다. 먼저 제보자의 증언내용을 살펴보자.

> **박상근**: 내가 열 살 조금 넘었을 때에, 열 세 살 땐가 열 네 살 땐가 잘
> 모르겠네. 그 무렵에 오광대패들이 일본, 나고야가 오오사칸가 정확하게 어
> 딘지는 잘 모르겠지만. 여하튼 일본에 공연을 갔는데 생각보다 흥행이 잘
> 안 돼서 그랬는지 여관비하고 식비하고 다 지불하지 못해 묶여있다고 연락
> 이 와서 집에서들 돈을 구한다고 야단이었어요. 이리 구하고 저리 구하고
> 해서 돈을 부치고 해서 그 사람들이 다시 돌아왔습니다. (일본으로 가게 된
> 동기는 무엇입니까?) 자세히는 모르지. 아마 걸립하러 간 것이지 싶은데,
> 한국 사람들이 많이 사는 곳에 걸립한다고 간 것으로 들었던 것 같아요.

> **김은배** : 나도 그런 이야기를 들은 적이 있는데, 해방되기 전에 가락오광
> 대패들이 일본으로 가서 공연한 적이 있었다고. 돈이 없어 돌아오지 못할
> 뻔 했는데 집에서들 돈을 부쳐 돌아오게 되었다고 옛날 어른들한테 들은
> 적이 있어요.

김해 가락오광대는 1934년을 기점으로 이후에는 마을굿에서 더 이상 연행
되지 않았다. 그럼에도 불구하고 오광대패가 약 10년 뒤 일본 공연을 시도하
였던 것은 무엇을 말하는가? 이는 곧 김해 가락오광대가 일찍이 독립적인 공
연예술로 거듭나, 상인과 외지인을 상대로 부정기적인 연희를 지속해왔다는
것을 반증한다.

문제는 마을굿으로서의 가락오광대와 흥행예술로서의 가락오광대가 어떻
게 연계되어 전개되어왔는가라는 점이다. 마을굿으로서의 면모를 상실하게
됨으로서 그 대안으로 흥행예술로 변모되었는지, 아니면 애초부터 병행되어

---

93) 1987년도에 죽림마을 마을회관에서 오광대 전수를 받는 과정에서 들은 적이 있다고
    한다.

왔는지 분명하지 않다. 그러나 죽림마을의 사회경제적 배경을 고려해 볼 때, 일찍이 김해 가락오광대는 마을굿으로서의 면모와 상업적 흥행예술로서의 면모를 병행하며 전승되어 왔을 것으로 추정된다.

현지조사 중 오광대 연희를 본 적이 있는 제보자를 물색하는 과정에서 선창가에서 공연된 인형극을 관람한 바 있다는 제보자를 만날 수 있었다. 관람내용의 진술과정[94]에서 그 제보자가 본 인형극은 남사당패의 꼭두각시 인형극이었음을 알 수 있었는데, 이를 통해 예로부터 사람들이 많이 모이는 선창가나 장터에서 전문적인 예인집단들의 상업적인 놀이마당이 빈번하게 형성되었음을 알 수 있었다. 이에 이 마을 대표적인 민속연희인 오광대 역시 마을주민과 외지인이 함께 하는 놀이판에서 연희되었을 개연성은 크다 할 수 있다.

여하튼, 중요한 사실은 김해 가락오광대는 종래에 알려진 바와 달리 해방전까지 상당히 조직적이고 체계적인 기반을 바탕으로 전문적인 놀이패로서의 면모를 갖추고 지속적으로 활동해 왔다는 사실이며, 현전하는 김해 가락오광대는 마을굿에서 연희되었던 오광대가 보다 더 전문화된 기량을 가진 연희자들에 의해 예술적으로 다듬어진 탈놀이라는 점이다. 일본 공연을 기획한 의도와 목적에 대해서는 정확히 알 수 없지만 박상근의 진술을 그대로 수용하자면, 김해 가락오광대 전승을 위한 재력확보와 무관하지 않은 것 같다. 죽림마을은 1934년 이래 산업변동이 이루어지면서 경제적으로 급격히 쇠락되기 시작하였다. 이로 인해 오광대의 연희기반이 약화되면서 해외 진출을 그 대안으로 모색하였던 것으로 생각된다.

비록, 흥행에는 실패하였다 할지라도 김해 가락오광대의 일본 진출은 우리나라 가면극 최초의 해외공연이라는 점에서 공연사적 의의는 지대하다 할 수 있을 것이다.

---

94) 김말진(여, 84)제보. 나무터에서 포상을 친 부대에서 인형들이 나와 사람들과 이야기를 나누었으며, 박첨지를 무서워하는 이들이 많아 아이들이 울음을 그치지 않을 경우 "박첨지 나온다"하며 아이들을 달래기도 했다는 진술을 통해 남사당패의 꼭두각시인형극 공연을 관람한 것임을 알 수 있었다.

5) 연희의 전승과정

선행연구에서 김해 가락오광대는 행위 전승면에서 심각한 문제점을 안고 있는 것으로 지적된 바 있다.[95]이러한 점을 해결하기 위해 새로운 제보자를 발굴하는 데 역점을 두면서, 동시에 그간 논저에서 제기되었던 연희자를 마을주민과 후손들을 중심으로 역추적해 보았다.

먼저, 지금까지 알려진 가락 오광대의 행위 전승계보를 비판적으로 검토하면 다음과 같다.

　㉠ 놀이꾼은 보조역의 元學山(살았으면 100세, 1988년 현재, 이하 같음), 비비새의 金應雲(130세) 말뚝이의 申誠七(130세) 포졸역의 裵學山(100세) 말뚝이의 李化福(97세) 보조역의 朴大鳳(97세)이 활약하였고, 지신밟기꾼으로 상쇠 박상근 상쇠 김석택(94세) 신인생 강윤오(87세) 임선달(99세) 공수만(98세)등이 유명하다.[96]

　㉡ 작고(作故)한 연희자로는 원학선(元學善, 남, ?-1956년 총지휘), 이화복(李化福, 남, ?,말뚝이), 신성칠(申聖七, 남, 1856-1934, 비비양반, 작은이), 곽윤학(郭允學, 남, 1871-1943, 꽹과리), 김응윤(金應允, 남, 1988-1944, 노장, 노름꾼), 박대봉(朴大鳳, 남, 1892-1964, 꽹과리, 상여앞소리), 조장수(趙長壽, 남, 1890-1928, 징, 북), 김상기(金尙基, 남, 1909-1988, 영노), 하문찬(河文燦, 남, 1911-1994, 老丈), 안임술(安任戌, 남, 1892-1954, 상여앞소리), 조광화(趙光和, 남, 1919-1988, 말뚝이) 등이다.[97]

　㉢ 지금의 김해 가락오광대의 역사성은 1984년 이전에 놀았던 원학선(1956년 총지휘), 이화복(말뚝이역), 신성칠(1856-1934, 비비양반역, 작은이역), 곽윤학(1871-1943, 꽹과리), 김응윤(1988-1944, 노장역, 노름꾼역),

---

95) 박진태, 앞의 책, 283면.
96) 서연호, 『야류·오광대탈놀이』, 열화당, 1988, 58면.
97) 강용권, 『한국민속극연구』, 제일문화사, 1997, 160-161면.

박대봉(1892-1964, 꽹과리, 상여앞소리), 조장수(1890-1928, 징, 북), 안임
술(1892-1954, 상여앞소리) 등이 김해 가락오광대의 제 1대 연희자이며,
제 2대 연희자는 재현 당시의 연희자 조광화(1919-1988, 말뚝이역), 김상
기(1907-1988, 영노역), 하문찬(1911-1994, 노장역), 곽성준(1917-1990,
양반역) 등으로 볼 수 있으며, 제3대 연희자는 전수를 받았던 류필현(꽹과
리,북,장구, 징, 재담을 전수받음), 홍관표(탈, 의상, 도구를 전수받음), 김덕
명(춤, 동작을 전수받음)이 있다.98)

  ㉠과 ㉡의 경우는 오광대 연희자를 세대별 구별 없이 총괄적으로 다루고
있음에 비해 ㉢의 경우는 현재 가락오광대의 재현과정을 포괄하면서 연희자
를 세대별로 세분화하고 있다. 그런데, 문제는 각 논저에서 연희자와 각 연희
자의 역할 분담에서 다소 차이점을 보이고 있다는 점이다. 이번 현지조사에
서 위에 제기된 연희자들을 역추적한 결과는 다음과 같다. 먼저 ㉠의 원학산
과 ㉡의 원학선은 동일인물이며, 원학선(元學善)으로 확인되었다. 원학선은
예능적 재능이 뛰어난 인물로 명성이 자자했는데, 특히 소리에 능했던 인물
로 알려져 있다. ㉠의 박상근(朴相根)은 지신밟기의 종쇠로 활약하였으며,
상여소리나 모심기 앞소리에 능했던 박대봉의 아들로 현존하는 인물이다. 박
상근은 현재 75세로 본 현지조사의 중요한 제보자였는데, 1960년대 지신밟
기가 중단될 때까지 풍물패의 상쇠를 맡아 활약해왔지만 오광대 연희와는 무
관하였다고 한다. ㉡와 ㉢에서 모두 곽윤학·조장수·조광화·김상기·하
문찬이 새로운 연희자로 추가되었는데, 이들 중 곽윤학은 뛰어난 춤꾼으로
명성이 자자했으며, 조장수 역시 장구와 춤에 재능이 뛰어난 이로 마을주민
과 후손들의 제보에서 오광대의 연희자임을 확인할 수 있었다.
  그런데, ㉠과 ㉡, ㉢에서 거론한 연희자 중 이화복·신성칠·김응윤·신
인생·강윤오·임선달·공수만·안임술 등은 확인되지 않았다. 이 마을 출
신 고령자를 중심으로 탐문하였지만 이들 이름을 기억하는 사람은 없었다.

---

98) 김재걸, '김해 가락오광대 재현과 보존과정', 김해 가락오광대 학술대회 발표요지,
    2004, 31면.

이들 연희자에 대해 속단할 수는 없지만, 죽림마을 출신이 아닌 타 지역 출신의 연희자일 가능성도 있다. 앞에서 언급한 바 있듯이 김해 가락오광대는 죽림마을의 마을굿에서 출발하였지만 독자적인 연희패로 거듭나 공연의 영역을 넓혀 갔음을 알 수 있었다. 그 과정에서 인근 마을 나아가 김해 지역의 뛰어난 연희자들이 합세하였을 가능성을 배제할 수 없기 때문이다. 이들에 대한 지속적인 확인 작업이 이루어져야 할 것이다.

조사과정에서 그동안 알려지지 않았던 연희자에 대한 정보를 얻을 수 있었다. 죽림마을 출신으로 재담이 뛰어났던 하경로(1884년 생으로 추정)와 김석택과 비슷한 연배로 오광대놀이 때 상쇠로 활약했던 김경봉(1897년 생으로 추정)이 그들이다.

이상, 해방전까지 활약했던 김해 가락오광대 연희자를 정리하면 다음과 같다. (밑줄은 새로 발굴된 연희자임)

죽림마을: 원학선 · 조장수 · 곽윤학 · 박대봉 · 김석택 · 김경봉 · 하경로
타지역(?): 이화복 · 신성칠 · 김응윤 · 신인생 · 강윤오 · 임선달 · 공수만
　　　　　안임술

ⓒ의 조광화 · 김상기 · 하문찬, 그리고 ⓔ에서 이들과 함께 제 2세대 연희자로 추가되었던 곽성준, 이들은 1984년 김해 가락오광대의 재현 당시의 연희자로 김해오광대 전승과정에 결정적인 역할을 하였던 이로 주목된다.

조광화는 조장수(오광대 연희자)의 아들로 직업은 한의사이며 상당한 재력을 갖추어 마을 행사에 물심양면의 지원을 아끼지 않았다고 한다. 예능적 재능이 뛰어나 춤과 장고에 특히 능했다고 한다. 곽성준(곽성구라고도 함)은 곽윤학(오광대 연희자)의 아들로 일정한 직업은 없었으며, 한량으로 춤과 소리에 뛰어났다고 한다. 반면, 김상기는 정부미를 보관하는 창고관리의 책임자였으며, 마을 이장을 역임하는 등 마을 유지였다. 하문찬은 신기마을 출신이며 마을유지로 죽림마을과 특별한 관계를 맺고 있었다고 한다. 이들에 대해

현지조사 과정에서 제보자들은 예능적 재능 여부를 떠나 오광대와 밀접한 관계를 가지고 있었을 가능성은 배제하지 않았다. 그 연유는 이들 모두 마을의 중요한 행사를 주관했던 중심인물들로 친목계를 조직해 친목을 도모하는 한편, 함께 어울려 풍류를 즐겼으며 오광대 연희에 지대한 관심을 가지고 후원했던 인물들이라는 점에서 공통점을 가지고 있었기 때문이다. 이러한 면모는 김상기를 통해 확인할 수 있는데, 김상기는 서연호의 현지조사 과정에서 가락오광대의 전승계보 및 말뚝이 대사를 제보하였다.[99]

한편, 이들과 마찬가지로 주목되는 인물로 작고한 곽정구(86세), 이동근(李東根,이영택이라고도 함, 88세)을 들 수 있다. 김해 가락오광대의 연희자와 관련해 주목할 사항은 김해 가락오광대의 연희는 이 마을 지신밟기패와 밀접한 관련이 있다는 점이다. 즉, 정초 지신밟기패들이 지신밟기를 행한 뒤 정월대보름에는 지신밟기패의 악사와 잡색들이 중심이 되어 오광대를 연희하였던 것인데 이는 지신밟기의 기(旗)에 '農者天下之大本, 加洛五廣大'라 쓴 것에서 확인할 수 있거니와 제보자들의 진술[100]에 의해서도 확인할 수 있다. 곽정구는 곽성준의 형으로 초등학교 교장을 역임하였다. 장구에 특히 능했다고 하는데, 1960년대 지신밟기에서는 잡색 중 사대부 역할을 맡기도 하였다. 이동근은 꽹과리와 춤과 재담에 능했으며 지신밟기에서는 잡색 중 각시 역할을 맡기도 하였다. 특히, 이동근은 김해 가락오광대 재연을 위한 전수과정에서 시력을 완전히 상실한 가운데서도 풍물가락을 직접 시연하여 전수하는 등 열정적인 모습을 보여준 바 있다.

김해 가락 오광대 재연과정에 있어서 제보자로, 전수의 가교 역할을 한 이들을 정리하면 다음과 같다.

---

99) 김상기는 김해 가락 오광대의 연희자는 아니었지만 놀이의 대사를 구현해 주기도 하였다. "말뚝인지 쇠뚝인지 소매 아래 팔뚝인지 삼거리질에 수캐 모이듯 옹달샘에 실뱀이 모이듯 왜 나를 찾는냐" (서연호, 앞의 책, 58면)

100) 현 김해민속예술보존회 회장인 이명식(남, 54세)이 작고한 김우봉(죽림마을), 심두용(죽림마을)에게서 걸립패와 오광대패가 밀접한 관련성이 있음을 들었다 한다. 한편, 1960년대 이 마을 지신밟기패의 사진자료에 의하면 다른 지역과 달리 악사(장구)가 탈(종이탈)을 쓰고 있음을 발견할 수 있다. 이 또한 지신밟기패와 탈놀이가 밀접한 관련성이 있음을 보여주고 있는 사례라 할 수 있다.

4. 김해 가락오광대 형성의 민속학적 배경

　선행연구에서 박진태는 유래담과 대본과 탈을 분석한 결과를 바탕으로 김해 가락오광대는 수영, 동래들놀음만이 아니라 진주, 가산오광대와도 교류한 흔적이 나타나나, 다른 지역과 상이한 독자성과 창의성이 돋보이는 가면극으로 경남지역에 전승되는 다른 가면극과 구별되는 '작은 전승권'으로 구획될 가능성이 충분함을 피력한 바 있다.[101] 김해 가락오광대의 독자적인 지역문화로서의 위상을 다각적인 시각에서 고찰하여 정립하는 일이 앞으로 남겨진 중요한 과제일 것이다.

　주지하듯이 지역문화의 뿌리는 그 지역에서 형성 전승되어온 민속문화의 전통에서 비롯된다. 앞에서 살펴본 죽림마을의 민속문화의 특징과 연계하여, 김해 가락오광대 형성의 민속학적 배경을 살펴보는 것으로 결론을 대신하고자 한다.

　김해 가락오광대의 독자적이고 창의적인 면모는 부분적으로 '노름꾼 마당'과 '할미 마당'에서 결말구조가 다른 가면극과 달리 설정되고 있다는 점을 들 수 있으며, 전체적으로는 각 마당의 대립적인 갈등요소들이 종국에는 화합의 장으로 승화되는 상생의 원리가 주요 미학적 구성 원리로 작용하고 있다는 점을 들 수 있다.

　'노름꾼 마당'은 노름꾼들이 투전놀이를 하고 있을 때 절름발이인 어덩이가 천연두를 앓고 있는 아들 무시르미를 업고 나와 개평을 달라고 하나 거절당하자 투전놀이판의 판돈을 훔쳐 도망치다 포졸에게 붙잡히는 내용이다. 이 마당은 가산오광대와 진주오광대의 '문둥이마당'과 유사하나, 김해 가락오광대의 경우 문둥이 대신 노름꾼이 등장한다는 점과, 노름판의 노름꾼 대신 판돈을 훔쳐 달아난 어덩이가 응징의 대상이 된다는 점에서 차이가 있다. 이러한 특성에 대해 박진태는 김해 가락오광대 '노름꾼 마당'은 도박에 대해서는 관대

---

101) 박진태, 『전환기의 탈놀이 접근법』, 민속원, 2004, 310면 참조.

한 반면에 도둑질은 반사회적 범죄 행위이므로 엄벌하여야 한다는 지역민의 정서를 반영한 것이라 분석한 바 있다.[102] 노름의 폐해를 인정하면서도 암묵적으로 허용하는 지역정서는 선창가, 장터를 중심으로 외지인들을 위한 위락산업이 주 소득원이 되었던 죽림마을의 사회경제적 배경에서 그 개연성을 쉽게 유추할 수 있다. 그런데, 탈놀이가 마을굿의 일환으로 연행되었다는 사실을 환기해 볼 때, 이 놀이마당의 보다 본원적인 형성 배경으로 이 지역에서 형성 전승되어온 민속제의와 민속연희의 전통을 먼저 살펴볼 필요가 있다.

이에 '노름꾼 마당'의 선행 예능태로 지신밟기의 판굿에서 연행되어온 잡색들의 '투전놀이'를 주목하여 '노름꾼 마당'과 '투전놀이'와의 상관성을 살펴보면 다음과 같다.

지신밟기는 당산신을 맞이하여 각 가정을 돌며 가신을 위무하는 동시에 재해와 질병의 근원이라 관념되는 잡귀 잡신을 몰아내어 재해와 재앙을 막고 복과 풍년을 기원하는 벽사진경 의례로 그 전통은 고대 우리의 전통적 벽사의례인 매악(禓樂)에 근원을 두고 있다. 판굿은 민간나례라 할 수 있는 지신밟기에 오락적인 요소가 가미되면서 형성된 일종의 마당놀이로 주로 잡색들을 중심으로 연행된다. 판굿의 구성과 내용은 지역마다 다양하나, 죽림마을에서는 독특하게 걸립의 제의적 의미를 극화한 '투전놀이'를 행한다. 잡색극인 '투전놀이'의 내용은 다음과 같다.

> 지신밟기패들이 지신을 풀이하는 동안 포수는 집안 곳곳을 돌며 가재도구들을 향해 총을 쏘는 시늉을 한다. 그러면 하동과 상놈 등이 포수가 총으로 겨냥했던 물건들을 하나둘씩 내어와 마당에 펼쳐놓는다. 지신풀이가 끝이 나면, 하동, 상놈, 사대부, 양반 등 잡색들이 둘러앉아 그 집 가재도구들을 판돈으로 하여 투전판을 벌린다. 투전놀이는 양반이 자신이 이겼다고 억지를 부리며 판돈을 모두 가져가는 것으로 끝을 맺는다. 양반이 가져간 가재도구들은 다시 그 집 주인에게 돈을 받고 되팔며, 그 돈은 마을공동기금으로 환원된다.

---

102) 박진태, 앞의 책, 297-298면.

위 '투전놀이'는 지신밟기와 걸립의 제의적 의미를 놀이로 풀어내고 있다. 즉, 포수가 총을 쏘는 행위는 재앙을 불리치는 벽사의 의미이며, 그 대상물은 각 공간의 환유이다. 가재도구들을 판돈으로 한 투전놀이는 투전놀이 그 자체의 놀이적 흥미성에 초점이 맞추어져 있는 것이 아니라, 묵은 공간의 모든 질서를 해체시키는 난장적 의미에 중점이 두어져 있다. 즉, 공간은 해체, 파편화되어 판돈으로 떠돌며, 소유의 질서 역시 무화되어 놀음의 성패에 따라 무작위로 움직여 나간다. 양반이 비정상적인 방법으로 놀음판을 종결짓고 가재도구 일체를 자신이 소유한 뒤, 집주인에게 되파는 행위는 새로운 질서를 집주인에게 양도하기 위한 것이다. 집주인이 자신의 가재도구들을 되사들이면서 묵은 공간은 무질서한 카오스의 세계를 벗어나 다시 새로운 영역으로 거듭나게 되는 것이다.

노름판은 사회적으로는 부도덕한 놀이문화이나, 바로 그러하기 때문에 기존의 질서를 해체시키는 제의적인 상징성을 확보할 수 있는 것이다. 포졸이 노름판을 배회하면서도 통제하지 않으며, 오히려 노름판의 질서를 깨뜨렸다 하여 어덩이를 포박하는 것은, 노름판의 제의적 성격을 통해 볼 때, 보다 큰 대의에서는 마땅한 귀결이라 할 수 있다. 김해 가락 오광대의 포졸탈은 홍백탈이다. 음양의 두 세계가 공존하는 상징성을 띠며 신(神)탈로서의 면모를 간직하고 있다는 점도 주목해 볼 필요가 있다.

김해 가락오광대의 노름꾼 마당은 판굿의 투전놀이를 바탕으로 한편으로는 제의적 성격을 강화하기 위해 노름판의 질서를 깨뜨리고자 하는 이와의 갈등구조로 확대되고, 또 다른 한편으로는 놀이적 성격을 강화하기 위해 전문 노름꾼과 소외받는 민중의 대립구도로 변개되면서 모순적 현실을 강화시켜나갔던 것이 아닌가 한다.

김해 가락오광대의 할미마당은 영감이 화병으로 죽는다는 점에서 다른 가면극과 차이를 보인다. 영감이 죽는다는 점에서 가산과 김해가 동일하나, 영감의 사인(死因)에 있어서 가산의 경우는 조상단지를 깨뜨린 신벌이며, 김해 경우는 할미의 기세에 눌려 생긴 화병 때문이다. 가산과 김해에 공통적으로 나타나는 영감의 죽음에 대해 박진태는 그 요인을 두 지역 모두 당산할머니를 마을의 수호신으로 섬기는 민간신앙의 전통에서 비롯된 것이라 추정한 바 있다. 박진태의 주장이 온당함은 현지조사 결과를 통해 재확인할 수 있다. 즉, 죽림마을은 가락면 일대에서 유일하게 당산제의 전통을 계승하고 있는 마을이며, 당산신인 당산할머니에 대한 신앙이 지대하여 당산신이 좌정한 당사는 영험한 기도처로 널리 알려져 있다. 뿐만 아니라 당산신과 관련된 금기 생활은 여전히 생활규범으로 자리하고 있으며, 이와 더불어 당산신력에 대한 영험담이 강한 전승력을 보이고 있는 것이다.

덧붙여 논의할 사항은 이 마을 당산신의 위계질서 체계이다. 현재 이 마을에서는 당산할미제만 거행하고 있으나, 원래 이 마을 당산제의는 '당산제 → 질대장군제 →효자비' 순이다. 당산제는 상당신인 당산할미에 대한 제의이며, 질대장군제는 하당신인 마을 어귀의 장승과 당산나무에 대한 제의이다. 그런데, 하당신인 질대장군을 '당산할배'라 칭하기도 하였나 한다. 즉, 상당신의 신격은 여신, 하당신의 신격은 남신인 것이다. 여신을 남신보다 우위에 두고 섬겨온 전통과 할미와 영감의 대립에서 할미가 우위를 점하고, 영감이 화병으로 죽는 구도로 설정되고 있는 연희적 상상력이 결코 무관하지 않았을 것으로 생각된다.

김해 가락오광대는 '중마당' '노름꾼마당' '양반마당' '영노마당' '할미 · 영감마당' '사자마당' 등 여섯 마당으로 구성되어 있다. 이러한 극적 구성은 남부 가면극 계열과 동궤이나, 각 마당의 극적 갈등이 보다 더 큰 차원에서 해소되고 있다는 점에서 차이를 보인다.

'중마당'의 경우 풍유를 통한 신명풀이가 주된 내용으로 파계승에 대한 풍자나 불교에 대한 반감은 상대적으로 약하게 나타나고 있으며, '영노마당'과 '사자마당'에서는 영노와 양반, 사자와 담비가 함께 어울려 춤추는 것으로 종결된다. 선과 악의 대립적인 갈등구조가 종국에는 화해와 통합을 이루는 상생의 원리로 환원되고 있는 것이다. 즉, 김해 가락오광대에서는 민중적 비판의식과 개혁의 의지보다는 화해와 통합이라는 탈춤의 기본정신이 보나 질 구현되고 있는 셈이다. 이는 대립과 갈등에 대한 분석적 합리적 논리로 대응하고자 하는 근대적 사유와 궤를 달리 한다. 오히려 대립과 모순을 축제로 융화하여 풀어내고자 하는 전통적 사유에서 기인한다.

이러한 배경으로 이 지역의 역사적 경험을 먼저 고려하지 않을 수 없을 것이다. 죽림마을이 형성되기 시작한 시기는 1700년경부터이다. 당시 김해부사인 류덕옥이 무인도나 다름없던 이곳에 일반 백성들이 거주할 수 있도록 정책적으로 배려하기 시작하면서 마을이 형성되기 시작하였다. 새로운 삶의 터전을 모색할 수밖에 없었던 이들이 모여 새로이 마을을 형성해나갔기에 상대적으로 기득권을 가진 토호세력과의 마찰이나 계급적 갈등에서 비교적 자유로울 수 있었을 것이며, 일찍이 교통의 중심지로 상업도시로 부상하면서 탄탄한 경제적 기반을 모색할 수 있었을 뿐만 아니라, 외부와의 교류의 장으로 기능하면서 변화하는 시대에 빨리 대응할 수 있었을 것으로 생각된다. 이러한 배경 속에서 공생과 상생의 원리를 자연스럽게 체득할 수 있었던 것은 아닌가 한다. 이와 더불어 이 지역 민속문화의 전통성 역시 지역문화 창출의 중요한 요인이 되었을 것으로 본다. 세시의례 중 공동의례에서 상대적으로 강한 전승력을 보이는 것에서 개인보다 집단을 우선시하는 지역민의 사유를 엿볼 수 있으며, 금기, 점복, 이방, 기축 등에서 주술적 관념은 물론 민간속신과 민간신앙이 상대적으로 강한 전승력을 보이는 것에서 자연에 순응하고 조화를 추구하는 전통적 사유를 엿볼 수 있다. 이러한 민속문화의 배경 속에서 근대적 합리적 인식보다는 전통적 사유를 바탕으로 현실적 삶의 갈등과 대립을 풀어가고자 하는 지역 정서를 배태, 놀이로 승화 될 수 있었던 것으로 생각된다.

사진74
제보자 제덕이 씨

사진 75
제보자 김은배 씨

▶ 제보자

김말진 (여, 84세)·김문나(여, 77세)·김윤출(여, 74세)
김호선 (여, 73세)·양기남(여, 78세)·이선순(여, 77세)
이순연 (여, 73세)·정복순(여, 77세)·조혜경(여, 53세)
황말재 (여, 82세)
김은배 (남, 72세)·김이봉(남, 62세)·제덕이(남, 86세)
박상근 (남, 75세)·배형기(남, 54세)·한성고(남, 52세)

▷ 참고문헌

김해군,『내고장 전통』, 1983.
동래야류보존회,『동래들놀음』,1989.
부산광역시사편찬위원회,『부산지명총람』, 제5권 -강서구편-, 1999.
강용권,『한국민속극연구』, 제일문화사, 1997.
        『한국민속극』, 동아대학교출판부, 1986.
박진태,『전환기의 탈놀이 접근법』, 민속원, 2004.
서연호,『야류·오광대탈놀이』, 열화당, 1988.
송석하,『한국민속고』, 일신사, 1960.
정병호,『농악』, 열화당, 1986.
최상수,『야류·오광대가면극의 연구』, 성문각, 1984.
황경숙,『부산의 민속문화』, 세종출판사, 2003.

3. 김해 가락오광대의 연희본

첫째 중마당

노 장 중 (머리에는 송낙을 쓰고, 장삼을 입고 가사를 두르고, 목에는 염주를 걸고, 굿거리 장단에 맞추어 등장한다.)

상 좌 (머리에는 흰 고깔을 쓰고, 흰 두루마기를 입고, 목에는 염주를 걸고, 굿거리장단에 맞추어 등장한다.)

일 동 (함께 어울리어 굿거리장단에 맞추어 중춤을 추는데, 우연히 손수건을 발견하고 손수건의 냄새가 여자의 것임을 안 이후로 잠시 신분을 잊고 상좌를 유혹힌다. 이때 한 사람이 ―혹은 타인이― '중타령'을 부른다.)

둘째 노름꾼마당

노름꾼 1 (평복에 머리에는 수건을 잡아매고, 오른손에는 투전을 쥐고, 굿거리장단에 맞추어 양팔을 오르내리면서 춤을 추며 등장한다.)

노름꾼 2 (평복에 머리에는 수건을 잡아매고, 굿거리장단에 맞추어 "좋다! 좋다! 얼씨구나 좋다!" 하면서 등장한다.)

노름꾼 3 (평복에 머리에는 수건을 잡아매고, 굿거리장단에 맞추어 우쭐거리고 등장하는데, "사람 참 많다. 여기서 노름 한 판 벌기보자." 하면서 등장한다.)

노름꾼 4 (평복에 머리에는 수건을 잡아매고, 사방을 살펴보면서 우쭐거리며 등장한다.)

주 색 (평복을 입고 술병을 들고 비틀거리며 등장한다.)

일 동 (굿거리장단에 맞추어 한바탕 넛보기춤을 춘다.)

사진76 - 고사(제관은 김해민속예술보존회의 김재걸 회장이다)

사진77 - 중마당

노름꾼 1 "쉬-" (음악과 춤은 그친다.)

"오늘 우리, 여기서 김해 가락꼬온, 마산꼬온, 부산꼬온, 동래꼬
온 해서 노름 한 판 놀아보자."

일 동 (한자리에 둘러앉는다.)

노름꾼 1 (투전을 나눠 준다.)

일 동 (투전을 분배받고, 노름을 한다.)

노름꾼 2 "오늘 재수 더럽기(게) 없다."

노름꾼 4 "아따 끗발 없네. 죽었다."

노름꾼 3 "얼씨구 오늘 재수 좋다. 수끗이 제일 많으니, 내가 이길 수밖
에."(하고는, "좋다! 좋다! 기분 좋다!" 하면서 한바탕 춤을 덩실
덩실 추고는, 노름판으로 가서 노름을 계속한다.)

어 딩 이, 무시르미

(어딩이는 거지 복색에 머리에는 페랭이를 쓰고, 등에는 아들 무
시르미를 업고 나오는데, 반신불수라 절룩거리면서 나온다. 또
무시르미는 머리에는 흰 고깔을 쓰고, 손에는 '강남서신사명(령)
기'라고 쓴 종이로 만든 기를 들고 나오는데, 천연두를 앓는 아이
이다. 어딩이가 무시르미를 업고 무대 한가운데에 나와서 무시르
미를 내려놓으면, 이 때 세마치장단이 타주된다. 두 사람이 이 장
단에 맞추어 한바탕 춤을 추고는, 어딩이만이 노름꾼들이 노름하
는 데로 가서 선다.)

어 딩 이 (노름꾼들을 보고)

"개평 좀 도!"

노름꾼 1 "개평 없다. 저리가라, 재수 없다."

어 딩 이 (다른 노름꾼에게 가서) "개평 좀 도." (하면서 노름꾼을 밀어버
린다.)

노름꾼 2 " 이기 뭣이고 재수 없구로 저리 꺼져라." (하면서 발로 차버린다.)

어 딩 이 (개평을 못 얻겠으므로 눈치를 보다가 노름판에 놓여진 돈(엽전)
을 휘몰아 가지고 도망을 친다.)

사진78 - 노름꾼마당

사진79 - 노름꾼마당

158 김해 가락오광대

노름꾼 일동 (서로 서로 의심하다가 어딩이가 돈을 가지고 도망간 것을 짐
작하고 이리저리 찾으러 다닌다.)

어 딩 이 (돈을 주머니에 넣고, 이리저리 도망을 치며 다닌다.)

노름꾼 1 (어딩이를 붙잡아)

　　　“야 이놈아 니가 가면 어데 갈기라꼬?”

　　　(하면서 노름판으로 잡아 온다.)

노름꾼 2 “야! 이놈아 우리 돈 내 놓아라.”

어 딩 이 “돈 없다.”

노름꾼 2 “우쨌노?”

어 딩 이 “아들 손님(두병) 앓는 데 다 썼다.”

노름꾼 3 “이런 멀쩡한 놈 보게.”

포　　졸 (몸에는 흑색 등걸이를 걸치고, 머리에는 흑색 벙거지를 쓰고,
　　　손에는 포승을 쥐고 나와)

　　　“남의 돈 훔쳐가는 도적놈은 잡아간다.”

　　　(하고 포승을 질러서 붙잡아 간다.)

어 딩 이 “노름 핸 놈들은 안 잡아가나?”

포　　졸 “너그들 노름했나?”

노름꾼 일동 “노름 안 했소. 돈 놓고 돈 묵기 했소.”

포　　졸 “돈 놓고 돈 묵기는 죄가 아니다.”

　　　(어딩이를 보고)

　　　“가자.”

　　　(하고 데리고 나간다.)

노름꾼 일동 (굿거리장단에 맞추어 한바탕 춤을 춘다.)

셋째 양반마당

종가 양반 (도포를 입고, 머리에는 개털 관을 쓰고, 손에는 접부채와 지팡
　　　이를 들고 굿거리장단에 맞추어 우쭐거리면서 등장한다.)

모 양 반 (흰 두루마기를 입고, 머리에는 갓을 쓰고, 손에는 접부채를 쥐

고, 굿거리장단에 맞추어 우쭐거리면서 등장한다.)

애기 양반 (평복에 복건을 쓰고, 굿거리장단에 맞추어 등장한다.)

말 뚝 이 (평복에 흑색 등걸이를 입고, 머리에는 흑색 벙거지를 쓰고, 오른손
에는 채찍을 들고, 굿거리장단에 맞추어 우쭐거리면서 등장한다.)

일   동 (굿거리장단에 맞추어 한바탕 덧보기춤을 춘다.)

종가 양반 "쉬-" (음악과 춤은 그친다.)

(이때에 종가양반 다음에 모양반, 애기양반이 나란히 서고, 말뚝
이는 종가양반을 마주보면서 오른쪽에 선다.)

"소년당상 애기도령 전후좌우 벌기 서서 말 잡아 장구 매고, 소
잡아 북 매고 안성마치(맞춤) 깽새(꽹과리) 치고, 운봉내기 징
치고, 떡 치고, 술 거르고, 천막 치고, 덕석(멍석) 깔고 홍문연
높은 잔채(치) 항장이 칼춤 출 제(때), 이 몸이 한가하여 석탑에
걸터앉아, 고금사를 생각하니, 이 어떤 제 애미를 붙고, 금각 대
명(담양)을 갈 놈들이 밤이 새도록 '응 박 캥 캥' 하는 소래(리)
양반이 잠을 이루지 못하여 이호이 나온지라, 이놈 말뚝이나 한
분(번) 불러 볼까."

(이때 악사가 1박(단타)장단을 친다.)

"말뚝아, 말뚝아, 말뚝아"

(모양반, 애기양반을 보고)

"이 사람 동상! 우리 다같이 말뚝이나 한분(번) 불러보세."

여러 양반 "예, 그리합시더." (이때 악사가 1박(단타)장단을 친다.)

(다같이) "이놈 말뚝아!"

종가 양반 "이놈 말뚝이놈은 한분(번) 불러가지고는, 눈도 깜짝 안할 터이
니, 우리 한 분(번) 더 불러보세. 이놈 말뚝아!"

모 양 반 "이놈, 말뚝아!"

말 뚝 이 (우쭐거리면서 종가양반 앞에 썩 나가며) "였다. 제 애미를 붙고
금각 대명(담양)을 갈 양반들아, 오늘 날이 따따무리 하니, 온갖
짐생(승)들이 다 모았다. 손 골목에 돼지 새끼 모은 듯, 논두렁
(름)밑에 돌 나무(남)생이 모은 듯, 빈터에 헌 짚신쫙(짝)이 모은

듯, 옹달샘에 실뱀을 모은 듯, 떨어진 중우 가랭이에 좆대가리
나온 듯이 모도모도 모이어서 말뚝인지 개뚝인지 부르는 소리가
내 귀에 쟁쟁.”

종가 양반 (모 양반을 보고) “이 사람 동생, 이놈 말뚝이 소리가 은하수 다
리 밑에서 모구(기) 소리 만큼(큼) 들리니, 우리 같이 새로 한분
(번) 불러보세.”

모 양 반 “예, 그리하입시더.”

종가 양반 “이놈, 이놈 말뚝아!”

모 양 반 “이놈, 말뚝아!”

애기양반 “이놈, 말뚝아!”

말 뚝 이 “옛다! 이 양반들아, 재하자 도리에 그럴 리가 있소. 이재야 다시
보니 동정은 광활하고, 양류천만사는 계부춘풍을 지랑할 제, 추
풍강상 살얼음은 눈 우에 잠깐이요, 대주묵에 평토제는 경각에
하박인데, 별유천지비인간에 말뚝이 다시 문안이요.”

종가 양반 “이놈, 말뚝아!, 말뚝아, 과거 날은 임박했는데, 나는 나대로 댕
기고, 니는 니대로 댕겨야 옳다 말이냐?”

말 뚝 이 “옛다! 이 양반아, 생원님을 찾일랴고 안 가본 데 없소이다.”

종가 양반 “그러면 어디 어디 갔단 말이냐.”

말 뚝 이 “서울이라 지치 달아 안남산, 밧남산, 묵자골, 주자골, 안동박골,
동구재, 만리재, 일금정, 이목골, 삼청동, 사직골, 오부, 육조앞,
칠관운, 팔각재, 구리개, 십장개 뚜릿(뚜렷)이 다 댕기도 생원님
은커녕 내 아들놈도 없입(읍)디더(다).”

모 양 반 “이놈, 내 아들이라니” (하고 달려든다. 악사는 단타를 친다)

애기양반 “말뚝아, 말뚝아, 말뚝아!” (하고 달려든다.)

종가 양반 (모양반, 애기양반을 이리저리 후친 후에)
　　　“네 이놈, 말뚝아, 말뚝아, 내 아들이라니?”

말 뚝 이 “옜다 이 양반아, 내내 찾았단 말이요.”

종가 양반 “그러면 그렇지. 이놈 그만만 가고 말았단 말이냐?”

말 뚝 이 “행여 생원님이 도방에나 계시난지 팔도 도방을 찾아서 일원산,

사진80 - 말뚝이

사진81 - 왼쪽부터 종가양반, 말뚝이 모양반, 애기양반

사진82 - 영노가 양반을 공격하고 있다.

이강경이, 삼푸주, 사마산, 오삼랑, 육물금, 칠남창, 팔부산을 구
석구석이 다 찾아도 안 기시기로, 행여 색주가에나 계신가 하여,
색주가로 썩 들어서서 차분주가 하처재요 월출동령 명월이 집
과, 오동부판 거문고에 하고 나니 탄금이 집과, 주홍당사 별매
집(듭)에 차고 나니 금랑이 집과, 지재차산 운심이, 사군불견 반
월이 집을 뚜렷이 다 다녀도 그곳도 안 계시기로, 해나 본실에
나 기시난지 본댁을 썩 들어가니, 칠패, 팔패장에 가고, 종년 서
답(빨래)가고, 집안이 텅 비었는데, 마굿간으로 썩 들어가니, 노
샌님이 기(계)십니더(다)."

모 양 반 (달려들면서) "이놈, 말뚝아, 노샌님이라니?"

종가 양반 (모양반을 후리친 뒤에)

"이놈, 말뚝아, 노샌님이라니?"

(악사가 꽹과리로 "웅 박 캥 캥" 하고 장단을 친다.)

일   동 (굿거리장단에 맞추어 한바탕 덧보기춤을 춘다.)

종가 양반 "쉬- " (음악과 춤은 그친다.)

"이놈, 말뚝아, 노샌님이라니?"

말 뚝 이 "옜다! 이 양반아 어찌 듣는 말삼(씀)이요? 청노새란 말이요."

종가 양반 "그러면 그렇지, 이전 선대님 대국 사신 가서 다섯 돈 칠 분(푼)
주고 청노새 한 마리를 사가지고 왔나니라."

일   동 "청노새, 청노새."

(악사가 꽹과리로 "웅 박 캥 캥" 하고 장단을 친다.)

(굿거리장단에 맞추어 한바탕 춤을 춘다.)

말 뚝 이 "쉬-" (음악과 춤은 그친다.) "서산 나우(귀) 몰아 내여 솔질을 살
살, 갖인(은) 안장 차릴 적에 청홍사 고운 굴레, 주묵삭모 걸어 매
어 앞도 잡아 걸어 매고, 디(뒤)도 잡아 끌어매어, '이라' 이 말 채
질하여 한 곳을 당도하니, 황금대자로 뚜렷이 새겼난데, 만병회춘
이라 하였거늘, 이내 말뚝이 터벅터벅 들어가 약장을 살펴보니, 약
명이 씨였(쓰였)는데, 보양환, 보음환, 당귀, 천궁, 백출, 창출, 감
초, 백작약, 백복령, 황지, 인삼, 비상이라 한 것을 역력히 내가 보

고, 그곳을 배반하고 종로 네거리를 썩 나서니, 쪼맨한(조그만) 아녀석이 물통전 받쳐 들고 외기를, 저기 가는 저 양반, 이것도 사고, 저것도 사고, 청당지 홍당지 뚝 떨어졌다더라. '낙국지 갈밋집에 빗집찌아 안 사려.' 하는 소래(리) 역력이 내가 듣고, 그곳을 뒤로(배반)하고 남대문 밖을 썩 나서서 동작이(동자진) 얼른 건너 남태령 얼른 넘어, 충청도를 들어가서 공주 금강 구경하고, 전라도로 들어가서 지리산 구경하고, 경상도로 내려와서 악양루, 촉석루 구경하고, 강탄을 바래(라)보니, 일엽편주 저 어부는 사풍세우 불순귀라. 상율전, 하율전에 녹음은 잦아지고, 꾀꼬리 벗 부르고 백빈주 갈매기는 오락가락 노니 난데, 가반이 양적하야 풍악성이 들리거늘, 이내 말뚝이 터벅터벅들어가서, 돈 두 푼 내어 술 한 잔을 사서 훌쩍 마시고 자세히 살펴보니, 샌님 자친신인가 싶더이다."

종가 양반 (말뚝이를 보고) "이놈, 말뚝아, 내 자친신이라니?" (악사 "쾅")

말 뚝 이 "였다! 이 양반아, 색주가라 그 말 아잉교(말이요)?"

종가 양반 "으흠 그럼 그렇지!"

일 　 동 "웅 박 캥 캥"

　　　　(악사가 장단을 친다.)

일 　 동 (굿거리장단에 맞추어 한바탕 춤을 춘다.)

종가 양반 "쉬-" (음악과 춤을 그친다.) "네 이놈- 말뚝아, 말뚝아, 말뚝아, 박타, 후타, 타틀(탓을)말아, 니 같은 개똥상놈, 내같이 넓적한 소똥양반이 니 한 놈 죽이면 죽는 줄 알고, 살면 사는 줄 알까보냐? 이놈아!"

말 뚝 이 "였다! 이 양반아, 폐공이 입관 시에 살인자는 사하고, 상인급도는 처죄를 하얐이니, 사람을 죽이면 아무 일도 없다 말이요"

종가 양반 "이놈 말뚝아, 니 같은 개똥상놈 한 놈 죽이면 도 삼년 기(귀)양 밖에 더 가겠느냐?"

말 뚝 이 "귀양을 가면, 어데 어데 간단 말이요?"

종가 양반 "길주, 명천, 회령, 종성, 개사리망풍 밖에 더 가겠느냐?"

말 뚝 이 "길주, 명천, 회령, 종성."

(악사가 꽹과리로 '웅박캥캥'하고 장단을 친다.)

일　　동 (굿거리장단에 맞추어 한바탕 춤을 춘다.)

말 뚝 이 "쉬-" (음악과 춤은 그친다.) "노마님은 웃 도장(광) 문안에서 홀
　　　　딱 벗고, 이내 말뚝이는 아랫 도장 문 앞에서 홀딱 벗고, 거부렁
　　　　굽신, 웅 박 캥 캥."
　　　　(악사가 꽹과리로 '웅 박 캥 캥' 하고 장단을 친다.)

일　　동 (굿거리장단에 맞추어 한바탕 춤을 춘다.)

모 양 반 "쉬-" (음악과 춤은 그친다.) "망했네. 망했네. 양반의 집구석도
　　　　망했네."
　　　　(악사가 꽹과리로 '웅 박 캥 캥' 하고 장단을 친다.)

일　　동 (굿거리장단에 맞추어 한바탕 춤을 춘다.)

넷째　영노마당

양　　반 (머리에 개털 관을 쓰고, 백색 두루마기를 입고, 오른손에는 접부
　　　　채를 쥐고, 타령장단에 맞추어 등장하여, 무대를 왔다 갔다 한
　　　　다.)

영　　노 (양반의 뒤를 이어 등장하는데, 평복에 포대기를 뒤집어쓰고―안
　　　　쓰기도 한다― 입에는 대쪽을 붙여서 만든 '비비'를 입에 물고
　　　　"비- 비-" 소리를 내면서, 역시 타령장단에 맞추어 양반의 뒤를
　　　　따라다닌다.)

양　　반 (뒤에서 이상한 소리가 나므로 뒤를 돌아다보고, 영노를 접부채로
　　　　"후이- 후이" 하고 쫓아버리나 물러가지 않는다.)

영　　노 (손으로 양반을 향하여 "후이- 후이" 흉내를 내면서 양반에게 대
　　　　어들듯이 한다.)

양　　반 (약간 당황하여 한 발자국 뒤로 물러서면서)
　　　　"이놈, 네가 뭐꼬?"

영　　노 "날물에 날잡아 묵(먹)고, 들물에 들잡아 묵는 영노다."

양　　반 "영노면 어데 사노?"

영   노 "니는 어데 사는데?"

양   반 "나는 상주 선산에 산다. 그런데 듣도 보도 못한 영노란 놈이
　　　무슨 일이고?"

영   노 "무슨 일은 무슨 일이야, 저 대국서 양반 아흔 아홉 명 잡아 묵
　　　(먹)고 조선에 양반니 하나 있다고 해서 오늘 니 한 놈 잡아묵으
　　　로 나왔다."

양   반 (겁이 나서 약간 떨면서)
　　　"나는 양반이 아니다."

영   노 "그라면 뭐꼬?"

양   반 (벌벌 떨면서) "내가 개다."

영   노 "개면 맛있고 좋다."

양   반 "내가 이놈아 똥이다."

영   노 "똥도 좋다."

양   반 "내가 오-좀(줌)이다."

영   노 "오좀도 좋다."

양   반 "내가 개-똥이다."

영   노 "개똥도 좋다."

양   반 "내가 이놈아 소똥이다."

영   노 "소똥도 좋다."

양   반 "어-허 이것 봐라. 이놈이 뭣이든지 다 묵는다 하니, 인자는 큰
　　　짐승을 들미 봐야겠다. "야, 이놈아! 야 이놈아! 내가 소다. 이놈
　　　아!""

영   노 "소는 한 입에 두 마리나 묵는다."

양   반 "어-허 내가 돼지다."

영   노 "돼지는 한 입에 세 마리나 묵는다."

양   반 "허허, 이놈 보소! 이분(번)에는 저- 바다 물개(고)기를 들미봐야
　　　겠다. 내가 이놈아 칼치(갈치)다."

영   노 "칼치도 좋다."

양   반 "내가 메루치(멸치)다."

영　　노　"메루치도 좋다."

양　　반　"내가 꽁치다."

영　　노　"꽁치도 좋다."

양　　반　"허허, 이놈 보소. 무엇이든지 다 묵는다 하니,.우짜면 좋겠노?"

영　　노　(양반의 두루마기를 잡아당긴다.)

양　　반　(안 끌리려고 부채를 가지고 영노의 손을 때린다는 것이, 부채를
　　　　　땅에 떨어뜨린다. 그리하여 부채를 주우려고 부채 있는 곳으로
　　　　　간다.)

영　　노　(이것을 보고 양반에게 대들어 부채를 못 줍게 한다. 그리고는 "비
　　　　　- 비-" 소리를 내면서 이리저리 돌아다닌다.)

양　　반　(영노가 멀리 가는 것을 보고, 그 틈을 타서 가만 가만히 부채
　　　　　있는 곳으로 간다. 그리하여 부채 있는 가까이 가 선다.)

영　　노　(양반이 부채를 주우려는 것을 보자, "비- 비-" 소리를 내고 비호
　　　　　같이 양반에게 달려오면서 부채를 발길로 차버린다.)

양　　반　(놀라 엎어진다. 그 바람에 몸을 좀 상한다.)
　　　　　"아이고 아이고, 내가 다쳤다. 상처가 났다."
　　　　　(하고 간신히 일어난다. 그리고 '부채가 어디 있나' 하고 사방을
　　　　　돌아보니, 부채가 저쪽에 있으므로, 영노의 동정을 살피고 있다
　　　　　가, 영노가 반대 방향으로 가는 것을 보고, 이번에는 살금살금
　　　　　기어서 부채 있는 데로 간다.)

영　　노　("비- 비-" 소리를 연속 내며 이리저리 사방으로 돌아다니면서
　　　　　가끔 양반을 힐끔 힐끔 쳐다본다.)

양　　반　(기어서 거의 부채 있는 가까이 가서, 영노의 동정을 살핀다.)

영　　노　(양반이 부채 가까이 와서 부채를 집으려는 것을 보고, 또 비호
　　　　　같이 양반 있는 데로 달려들면서 부채를 차버린다.)

양　　반　(영노가 달려드는 바람에 뒤로 넘어진다. 그리고 나서 "아이고,
　　　　　내 허리야! 내가 허리를 다쳤다." 하고는, 또 간신히 일어난다.
　　　　　그리하여 부채가 어디 있나 보려고 사방을 둘러보다가 저쪽에
　　　　　부채가 있는 것을 보고, 이제는 앉아서 양손을 땅에 짚고 엉덩이

를 들었다 놓았다 앉은뱅이걸음으로 부채 있는 곳으로 살금살금
다가간다.)

영　　노 ("비- 비-" 소리를 내면서 사방을 돌아다닌다.)

양　　반 (부채 있는 가까이 가서, 이번에는 영노가 안 보는 틈을 타서 발을
내밀어 부채를 살금살금 앞으로 당기는데, 영노가 보는 듯하면 가
만히 있고, 안 볼 때는 살금살금 잡아당기어 마침내 부채를 손에
쥔다. 그리고는 "휴유! 휴유!" 하고 한숨을 내쉬고는 "허허허, 이
제 내 선자를 찾았다." 하면서 부채를 펴서 활랑활랑 한번 부치고
나서 "오늘 내가 이 장중에 나와 저 가래지도 못할 영노란 놈을
만나 죽을 뻔하다가 살아났다." 하면서, 또 부채를 펴서 활랑활랑
한바탕 부친다.)

(이때 굿거리장단을 친다.)

양반, 영노 (함께 어울리어 한바탕 춤을 춘다.)

다섯째 영감마당

큰이(본처) (큰머리를 하고, 누른색 동저고리에 짧은 몽당치마를 내려 입고,
손에는 지팡이를 짚고, 허리에는 쪽박을 차고, 굿거리장단에 맞추
어 등장하여, 무대를 돌아다니면서 "영감아! 영감아!" 하고 부르
며, 가끔 손을 이마에 대고 멀리 바라보기도 한다. 그러다가 악사
―마을사람을 뜻한다― 있는 데로 와서 악사를 보고)
"여기 웬 영감 하나 아까 이리로 지나가는 것 몬 봤(봤)소?"

마을사람 "우째 생긴 영감이요?"

큰　　이 "얼굴은 검고요. 오동통한 영감 입미더."

마을사람 "그런 영감 하나 아까 이리로 지나가는 것 봤(봤)소."

큰　　이 "아이고, 그러면 어서 가서 찾아야겠다. 고맙습니데이……" (악
사가 단타를 친다.) (영감을 찾으러 간다. 그리하여 무대를 돌아
다니며, 또 "영감아! 영감!" 한다.)

영　　감 (흰 두루마기에 갓을 쓰고, 손에는 접부채를 쥐고, 굿거리장단에

맞추어 등장하여 무대를 이리저리 다니다가, 악사 ―마을사람을
뜻한다― 있는 데로 와서 악사를 보고)
"웬 할맘(미) 이리로 안 지나가던가?"

마을 사람 "얼굴이 우째 생깃소?"

영　　감 "얼국은 물외(오이) 같이 길쭉하고 좀 못생겼네."

마을 사람 "그런 할맘 하나 아까 이리로 지나가는 것 밨(봤)소."

영　　감 "할맘아! 할맘아!"

(부르면서 무대를 서너 번 돌아다닌다.)

큰이, 영감 (만나자 서로 "영감아! 할맘아!" 하고, 서로 얼싸안는다. 이때에
악사가 장단을 친다. 그리하여 굿거리장단에 맞추어 한바탕 춤
을 춘다.)

큰　　이 "쉬-" (음악과 춤은 그친다.)

(영감을 보고) "아이고 영감! 내가 영감을 찾일랴고 조선 팔도
면면 촌촌이, 방방곡곡이 얼개(게)빗 틈틈이 댕기다가 오늘에사
(야) 이 김해 가락오광대 탈놀음판에서 만났소."

영　　감 "어흠- 그래. 그래. 내가 할맘을 찾일랴고 면면 촌촌이, 방방 곡곡
이 찾아 댕깄으나 못 찾다가 오늘에사 이 김해 가락오광대 탈 놀
음판에서 만났구나."

큰　　이 "그런데 영감! 삼백주 통영갓에 비단옷을 입히 났더니, 어데어데
가서 다 팔아 묵고 석새 베옷에 다 찌그러진 파관을 시(쓰)고 댕
기니 우짠 말이요?"

영　　감 "어 허 그것도 다 내 복이니라. 그런데 할맘 니는 석 자 지장(길
이) 북도 다래, 비단옷을 입히 놓았더니, 어데어데 가서 다 팔아
묵고 동저고리에 몽당치마가 우짠 말이고? 그것도 다 네 복이로
다. 그런데 할맘아, 내가 할맘을 찾일랴고 저 인천 제물포에 갔
다가 작은이를 하나 얻어왔다. 일등 미색이네."

큰　　이 "뭐라꼬? 그라면, 어데 그 일등 미색이란 년 좀 보자!"

사진83 - 영감이 죽는 장면

사진84 - 의원이 영감에게 침을 놓는다.

사진85 - 봉사가 독경하여 영감을 소생시키려 한다.

사진86 - 무당굿

영　　감 "어흠 그래 보여주지. 작은이야 아 작은이!"

작 은 이 (쪽진 머리에 분홍 저고리, 옥색 치마를 입고 등장하여, "영감!"
　　　　하고 영감에게 안긴다.)

영　　감 (작은이를 안고 자기 얼굴을 작은이 얼굴에 대고, 또 손으로 작은
　　　　이 엉덩이를 부드럽게 두드리고, 양손을 만지작거리면서 좋아서
　　　　어쩔 줄을 모른다.)

　　　(창 : 사랑가)　　어허 둥둥 내 사랑아,

　　　　　　　　　　　어허 둥둥 내 사랑아,

　　　　　　　　　　　요런 사랑이 또 어데 있나,

　　　　　　　　　　　어허 둥둥 내 사랑아.

큰　　이 (작은이를 한참 쳐다보고 샘이 나서, 작은이와 한바탕 실랑이를
　　　　벌인다.)
　　　　"아이고, 보소!" (손뼉을 치고 손가락으로 자기 얼굴을 가리키며).
　　　　"저 년 인물보다도 내 인물이 더 잘났지요? 아이고, 내 씹 꼬랑대
　　　　기야!"

영　　감 (한참 부채를 털다가) "할맘! 그런데 두 아이는 다 우쨌노?"

큰　　이 "아이고- 영감! 말도 마소. 큰아이는 물고기 잡으로 갔다가 물에
　　　　빠져 죽었소."

영　　감 "뭐 뭣이라! 물에 빠져 죽었다고? 아이고 아이고 그래 둘째는?"

큰　　이 "아이고 영감 둘째아이는 산에 나무하러 갔다가 범한데 물리 죽
　　　　었다 아잉교?"

영　　감 "어허- 기가 막혀." (한참 가슴을 치다가) "인자는 자식도 없단
　　　　말이지, 자식도 없는데 니하고와 살아서 뭐 하며, 또 내가 살아
　　　　본들 뭐 하겠나. 그런데다가 작은이 하나 얻어 사는 것까지도 요
　　　　래 용심을 지기니(부리니) 내가 우째 살겠노?"
　　　　(하고 두 손으로 가슴을 치고 발버둥을 치다가 화병이 나서 기
　　　　절을 한다.)

작 은 이 (죽었는지 확인하고는 퇴장한다.)

큰　　이 (자기 귀를 영감의 코에 대어보고 숨소리가 나지 않으므로 당황한 듯)

　　　　"아이고 영감! 죽었나? 어서 의원을 불러야 되겠다."

　　　　(하고 의원을 부르러 간다. 무대 안쪽을 향하여)

　　　　"의원! 의원!"

의　　원 "어데서 불렀소?"

　　　　(머리에는 갓을 쓰고, 흰 두루마기를 입고 등장하여, 영감 옆에

　　　　와서 맥을 짚어 보고는 고개를 절레절레 흔들며)

　　　　"횟병이 나서 죽은것같소" (하고 일어서는데)

큰　　이 "아이고 의원님 침이나 한번 놔주고 가이소."

의　　원 (마지못해서 침을 한 대 놓고도 가망이 없자) "죽은 것 같소. 봉사

　　　　나 불러 경이나 한 번 일어보소." (하고 말한다.)

큰　　이 "아이고, 이 일을 우짜면 좋노? 그러면 봉사나 불러 경이나 읽어

　　　　봐야 되겠다."

　　　　(하고 무대 안쪽을 향하여 봉사를 부른다.)

　　　　"봉사! 봉사!"

봉　　사 (머리에는 수건을 동여매고, 평복을 입고 ,왼손에는 북을 들고,

　　　　오른손에는 지팡이를 짚고, 더듬거리며 등장하면서)

　　　　"어데서 불렀소?"

큰　　이 (봉사 마중을 나가 손을 잡고 조심을 당부하며 데리고 온다.)

　　　　"이리 오이소. 살아나는 경이나 읽어 주시오."

봉　　사 "야, 그리해 보입시다."

　　　　(하고는 영감 있는 곳에 앉아 북을 치며 경을 읽는다.

　　　　"해동 조선 경상남도 김해 가락오광대……"

　　　　(한참 읽고 난 뒤 일어서며)

　　　　"아이고! 죽은 뒤에 경 읽으니 소용이 있나."

　　　　(하고는 퇴장한다.)

큰　　이 "인재는 무당이나 불러 굿이나 해 줘야겠다. 무당! 무당!"

사진87 - 담비가 사자의 약을 올린다.

사진88 - 사자가 담비를 잡아 먹는다.

무   당 (무복에 무당 갓을 쓰고 나와 한바탕 굿 행사를 하고 들어간다.)

큰   이 "아이구, 이제 할 수 없구나. 상도꾼을 불러야겠다. 상두꾼 상두꾼"

상도 꾼들 (머리에 수건을 동여맨 5명이 등장하여 죽어 넘어진 영감 위에
　　　　큰 보자기를 덮고 양팔, 양다리를 어깨에 메고—상여를 뜻한다
　　　　—향도꾼 소리를 하면서 어우르고 나간다.)

(창: 향도꾼 소리)　　에 헤롱　　　에헤롱　　　어화 넘차　　에헤롱

　　　　　　　　　　간다 간다　　나는 간다　　정든 집을　　떠나간다

　　　　　　　　　　에 헤롱　　　에헤롱　　　어화 넘차　　에헤롱

　　　　　　　　　　북망산천이　　머다던데　　대문 밖이　　저승이네

여섯째 사자마당

먼저 담비가, 그 뒤에 사자가 굿거리장단에 맞추어 춤을 추면서 나온다. 그리하여 사자가 꼬리도 치고 이슬털이도 하며 무대 한가운데에 와서 앉아 있으면, 담비가 사자 좌우로 돌아다니면서 여러 번 사자를 약을 올린다. 그러면 그럴 때마다 사자는 꼬리로 담비의 얼굴을 치기도 하고, 또는 고개를 흔드는데, 고개를 흔들 때는 사자의 방울 소리에 놀라 담비가 달아나곤 한다. 여러 번 이렇게 하므로 나중에 사자가 일어나 담비를 두 발과 입으로 휩싸면서 잡아먹는다. 이때 담비는 사자의 몸속으로 들어갔다가 사자가 어슬렁어슬렁 놀이판 가에 이르면, 재빨리 사자의 몸속에서 빠져 나간다. 사자는 굿거리장단에 맞추어 한바탕 춤을 추고는 들어간다.

4. 1984년의 현지조사 자료

1. 머리말

이 녹취록은 류필현(전 김해문화원장), 김덕명(현 경남 무형문화재 제3호 한량무 보유자, 현재의 김해 가락오광대 연희자), 전정호(당시 MBC 취재기자, 현 마산 MBC 보도국장) 세 사람이 1984년 가락면 죽림리 경로당(1983년 건립)을 방문해서 김상기(金尙基,1909-1988, 영노 역), 조광화(趙光和, 1919-1988, 말뚝이 역), 하문찬(河文燦, 1911-1994, 노장 역), 곽성준(1917-1990, 양반 역), 이동근(악사, 뒤에 조사에 합류, 당시 실명 상태였으며, 64세 가량) 등을 대상으로 면담조사한 녹음 테이프를 김재걸(현 김해민속예술보존회 회장)이 입수하여 전사(轉寫)한 것이다. 녹음된 내용은 조사가 끝나갈 무렵에 해당하는 것으로 보아 앞부분의 녹음테이프는 분실된 것으로 보인다. 그렇지만 가락오광대를 직접 연희했던 사람들의 육성이 보존되어 있다는 사실과 지극히 일부분이지만 가락오광대의 실체를 파악하는데 중요한 단서를 제공한다는 점에서 자료적 가치를 지닌다. 당시 제보자들의 음성을 식별할 수 없어서 일률적으로 연희자로 표기한다.

2. 녹취록 내용

류필현(문화원장) : 예, 오늘 대단히 고맙습니다. 에- 대단한 수확을 오늘 보았습니다. 저 그 당시에 마치 보신 그대로 설명을 해주시는데, 에- 우리 대사본을 만드는데 있어서 큰 도움을 보게 되었습니다. 앞으로 종종 오겠습니다. 오고, 또 김해노인회 지부 상설을 할 때 연락을 드리겠

사진 89
김상기
(1907~1988, 영노 역 담당)

사진90 - 1992년 4월22일 후쿠오카현 무나카나시가 김해시와 자매결연을 맺
고 방한했을 때의 김해 가락오광대의 공연장면(사자마당).

사진91 – 김해 가락오광대패가 일본 후쿠오카현 무나카타시의 히노시토축제에 초
청받았다.(1992.8.21-8.24). 뒷줄 맨 좌측이 류필현 전 문화원장
이고, 우측 네 번째 모자 쓴 사람이 김덕명 한량무 기능보유자이다.

사진92 – 일본 무나카나시에서 김해 가락오광대의 공연

사진94 - 김해 가락오광대의 일본초청공연을 보도한 중앙일보 기사문
(1992.10.21)

습니다. 시간 나시는 대로 오셔서 쭉 기억을 두셨다가
자주 오셔서 지도를 좀 해 주시기 부탁드리겠습니다.
예, 오늘 대단히 고맙습니다.

일　　동 : 수고하셨습니다. 수고했습니다

전정호(방송국 기자) : 앞으로 계획 좀 말씀해 주이소! 아니 인제 방송입니
다. 우리 이 가락오광대 발굴한 후 어떤 식으로 하겠다는 말씀해
주이소!

류필현 : 아까 다 안 했나?

전정호 : 앞으로 계획은 안 했잖아요. 앞으로 계획을 말씀했습니까?

류필현 : 여기 들어갔나 안 들어갔나 잘 모르겠지만 아까 다했어.

전정호 : 하긴 했는데……

류필현 : 몰라 아까 다 들어갔을거야!

전정호 : 그러면 도(道)문화(文化)하고 관계를 지어 가지고 말씀을 해주세요

김덕명(현재 연희자) : 그거는 대강해가지고 초안 해가지고 하소. 여는 오
늘 인자 마치구로.

류필현 : 아까 원형이니 뭐니 얘기 다 안 했어요?

전정호 : 하기는 다 했는데……

김덕명 : 내가 얘기하고 중간에……

류필현 : 예, 오늘 대단히 고맙습니다. 예, 오늘 대단히 고맙습니다. 에- 우
리 가락오광대의 대사에 의해서 지금까지 나름대로 생각을 해 보
았는데, 오늘 여러 어른들하고 같이 앉아서 그 대본과 대사와 비
교를 해보니까 특색적인 것을 새로이 발견을 했습니다. 에- 그래
서 저는 이 가락오광대를 앞으로 더 원형대로 궤도에 올릴 때까지
는 상당한 시일이 걸리겠습니다만, 에- 여러분들과 같이 연구하고
또 가르침을 받아가지고 발전시켜 나가면은 가능하다고 하는 것
을 오늘 자신을 얻게 되었습니다. 에- 아무쪼록 많은 지도와 협조
를 부탁드리겠습니다. 오늘 감사합니다. 예, 예, 우리 가락오광대
가 1937에 중단됐다. 이렇게 기록에 남아있습니다. 에- 그렇다고
보면은 에- 40년 동안 그냥 근 50년이지요. 50년 동안 그대로 방

치했다고 할 수 있습니다. 그래서 처음 대사를 찾아 가지고 생각을 해보니까 엄두가 사실 나지 안 했습니다. 마침 우리 김 선생께서 보시고 같이 참 연구하고 협력을 해보자고 해 가지고 손발이 같이 되게 되었습니다. 이래서 처음에 이 오광대를 김해농고 학생들에게 가르쳐 볼려고 생각했는데, 아이들의 수업에 지장도 있고 또 졸업해뿌고 나면은 또 계승이 불가능할 것 같애요. 그래서 김해시 노인회 지부장과 상의가 이루어져서 사실은 9월달에 시작했습니다. 9월달에 시작했는데, 안노인들하고 바깥노인들하고 합쳐서 약 40명 희망자가 나왔는데, 그 중에서 조금 소질 있는 분들을 골라가지고 지금까지 쭉 그 대사에 의한 춤사위, 춤사위를 대게 가르켜(쳐), 춤사위라는 것을 말하자면 춤이 딱 고대로라고 하는 것이 아니고 그 춤 바탕이 많이 나옵니다. 그래서 중심을 잡을라고 하면 춤을 자주 추어야 됩니다. 그래서 기본춤부터 현재 가르키(치)고 대본은 안주 가르키(치)지 안 하고 있습니다. 이래서 내년에 87년도에는 노인회 지부 강당에서 매일 오후 2시 내지 3시에 한두 시간씩 강당에서 가리킬 그런 계획을 세우고 있습니다. 그래서 내년에 가락오광, 가락문화제 때에는 한 일부분이라도 발표를 할려고 하고 있습니다. 오늘 이 자리에 계신 여러분들께서 시간 나시는 대로 노인회 김해 지부 자주 오셔가지고 또 새악(생각)나신 그대로 서슴치 마시고 에- 좀 가르켜 주시길 부탁드리겠습니다. 고맙습니다.

김덕명 : 예, 대단히 감사합니다. 오늘 여 참 어르신네들 모여 가지고 모르던 거로 지가 아주 힘이 들고 몰랐던 것을 많이 알고 지가 인자 전수하는데 도움이 많이 외뎄습니다. 그런데 인자 지가 김해 오기로 류필현 원장님께서 초청해가지고 85년도 4월달에 여 인자 김해 완전하게 오기가 되었는데, 오기는 84년도에 안 왔습니까. 와가지고 민속놀이라던지 이런 걸 인자 발굴로 하고, 금년도에 원장님께서 가락오광대가 있다고 이래가지고 이것을 인자 말씀을 하고, 그 도지, 군지를 내놓으시고 해가지고 이거로 가지고 발굴

을 하자 인자 발굴계획을 짰는데, 실지로 모든 춤이고 놀이고 재
담이고 이것을 할라고 하면은 재담이 있어야 되고 대사가 있어야
됩니다. 대사로 그 옛날 그 내려오던 도지와 군지 그 보면은 유래
만 되가 있고 대개 어떤 형태로 해가(하여) 있다, 탈이 어떻게 생
겼다 요정도만 해가(하여) 있지 역사만 되가 있지 실제로 가르칠
수 있는 그 세부적인 대본이 없어요. 그래가지고 이거로 굉장히
제가 고심을 하고 원장님한테 이것 촉탁을 많이 했습니다. 이거로
원래 하던 분을 찾아가지고 하던 분한테 가지가지고 말을 들어봐
야, 제가 머 그 민속과 전통에 대해서는 상당히 저가 많이 알고
있습니다만은, 그래도 여기는 가락오광대 같으면은 가락오광대
원래하던 그 가락과 원형을 원리를 찾아봐야 되거든요. 그래 서르
(로) 상당히 고민을 많이 했습니다. 많이 하고 인사 원징님히고 또
수의(收議)를 같이 하고 이 특색이 있을껀데 하고 짐작을 많이 했
습니다. 그 동안에 마 한 석 달가량 전수를 해나오는데 일부 노장
과장만 마 그 저 대사를 보고 이거로 전수를 시켜가지고 이북면에
가가지고 우선 한 발표회를 한번 했습니다. 했는데 그야말로 참
가락오광대의 색깔이가 있다는 평도 들었습니다. 듣고 인자 또 완
전하이 발굴하기 위해서 원장님하고 수의 끝에 가락면에 가면은
과거 또 그 고증자의 주소지고 하인깐에 그기 알아보이 거 다 많
이 안다카드라. 이래가지고 오늘 여 찾아왔습니다. 찾아왔는데,
사실은 참 찾아와 보이까네 아 머 장단도 지금 상당히 말이지 옛
날 그 장단이 그래도 근 60.5가 살아있고 또 오광대에 대한 과장
에 대한 그 사람 그 역할 이름도 99.5 거의 다 다 찾아냈습니다.
찾아내도 또 놀이에 대한 그 분야에 대사 말뚝이 대사라든지 양반
의 대사라든지 비비과장이다든지 여러 분야에 대사도 머 그의 다 찾
듯이 다 찾았습니다. 찾았는데, 앞으로는 지가 인자 이 저 대본 쓰는
데와 대본에 따라서 이 전수사업에 상당히 용기가 납니다. 거의 다
오늘 다 알아냈거든요 알아냈는데, 일부 인자 여러분께서 인지 신년
도 한 10일쯤 되면은 87년도 1월한 20일경 되면은 노인회관이 완성

다 됐거든요. 그기 좀 와주시가지고 아 더욱더 우리 가락오광대를 이
거 완전하이 발굴하기 위한 그 조언과 거 저 좀 이래 도와주시소. 그
라면은 제가 힘껏대로 해서 원장님하고 가락오광대 놀이를 발굴한
각오가 되어 있습니다. 대단히 감사합니다.

연희자 : 예, 그런데 인자 또 저 경상도에서는……

김덕명 : 경상도라요, 김해, 양산 요리가 아주 딱딱 들어맞습니다. 들어맞는
데……

류필현 : 성주풀이할 적에도 참 이쪽에가 재미가 있고 말이야.

연희자 : 저쭉은 재미가 없데.

김덕명 : 저쭉은 재미가 없거든요. 그래서 경상도에는 성주풀이 하면은 성
주가 벌써 저쭈 올라가거든요

류필현 : 경상도 안동땅 경상도 여기가 본산이 맞다.

김덕명 : 성주풀이를 해도 여기는 좀 신명이 나는 게 있고, 아무리 경상도
라도 서부경남하고 여하고 또 틀립니다. 틀립니다. 영 틀립니다.

연희자 : 그라인데, 저 고성오광대 보니 재미가 없어.

연희자 : 그 잘 한번 만들어보소. 온냐 잘 한 번 만들어보소

류필현 : 그담에는 또 우리 대목을 물을끼 뭐꼬?

김덕명 : 그담에 춤새로쯤 알아야 되겠거든요? 춤, 춤, 춤을 대게 말뚝이는
어떤 형을 추드라 말뚝이는……

연희자 : 말뚝이는 이래저래……

김덕명 : 탈을 어떻게 해요?

연희자 : 이래 짝(작)대기로 양쭉(쪽) 어깨 메고 이래가 안 춥니까. 맞어. 맞
어. 예예. 짝대기를 메고 이래가 춥니다.

김덕명 : 그래 그기 말채입니다

연희자 : 예! 예! 맞습니다.

김덕명 : 말채로 추고, 저 저 벙거지 썼지요?

연희자 : 예 썼지. 그리.

김덕명 : 벙거지가 검던가요? 희던가요?

연희자 : 검지. 검지.

연희자들 : 맞습니다. 검은지 맞을끼거만은, 그건 나도 생각난다.

연희자 : 그러고 낮은 벌겋고. 낮은 벌겋고.

김덕명 : 낮은 벌개갖고(연희자 : 와아이라, 와아이라) 저저 대추 말린 거 맨치고(연희자 : 와아이라, 와아이라). 그렇고 맞습니다. 허허허 그리고 코가 어떻게 생겼습니까?

연희자 : 코가 커다랗게 이래⋯⋯(웃음)

김덕명 : 둥글지요?

류필현 : 고성오광대 가 안 보셨나?

김덕명 : 고성오광대는 조금 틀립니다. 또 동래 동래하고 수영하고, 또 마 이거는 핑기맨쿠로 그렇게 생겼거든요. 그런데 여기는 마치 유자 덩어리(연희자 : 와 아이라)맨치로 커다란기 달려 있지요. (연희자 : 와 아이라 와 아이라) 여기는 유지 덩어리맨치로 그렇게 생겼습 니다. 동래는 비뚤어졌그든. 비뚤어졌는데, 여기는 유자덩어리 맨 치로 굴다란기 달려 있지요?

연희자 : 아닌교. 탈치고. 탈치고.

김덕명 : 그리고 밑에는 저 저 저 저 저 이 끈을 맸는데, 우에는 적삼은 검 둥, 그 저 저 저 저⋯⋯

연희자 : 덩기지 비슷한 거, 붉은 거, 덩지기 비슷한 거.

연희자 : 왜놈 하오리 모양으로⋯⋯

연희자2 : 별(벌)거무리하지. 아 거건 그래.

연희자 : 예, 예 벌건 넘(놈)을 입고 있었다고.

김덕명 : 벌건 놈을 입었던교?   시커먼 놈을 입었던교?

연희자 : 어데 붉은 거 입었다. 어데 붉은 거 붉은 거 새붉은(새빨간) 것 입었어.

연희자 : 둥기지는 둥기진게 붉은 거⋯⋯

연희자 : 왜놈 하오리 모양으로 이래 입고 붉은 놈 입고 이래 있었어.

김덕명 : 붉은 거데, 피색이든교?

연희자 : 피색은 아 피색 같은 것은 영 황색이나 적색 적색일끼다. 적색 적 색 비슷할끼거만은.

연희자 : 붉은 것 좌우간 붉은 것 입었어. 홍색이야. 홍색 흑색이 삼각(상극)
이거든. 검은 거하고 붉은 거하고 삼각(상극)이기 때문에 그기 격
이 맞다. 비둥비둥하게 그랬을기요. 맞소. 홍색이 있다. 홍색이 있
는데, 홍색을 저 저 저 (웅성웅성) 그넘(놈)이 있으면 참 좋은
데……

(꽹과리로 장단을 친다)

김덕명 : 그렇는데, 고거로 저 저 한 가지 물어보입시다. 지금 내가 그 저
가락을 세알라보이까네 현재까지 가락 나온 것이 한 6개 됩니다.

연희자 : 예, 여섯 개 맞어.

김덕명 : 여섯 개 나오는데, 여섯 개 과정에서 제일 인자 저 느리게 치는
가락이저. 저(저것)는 생각한때(하건대) 춤가락이고.

연희자 : 굿거리.

김덕명 : 굿거리죠. 굿거리가락이고. 고 다음에 저 가락이 무슨 가락입니까?

연희자 : 덧배기.

김덕명 : 덧배기. 굿거리하고, 덧배기하고, 고 다음에 인자 저 저 자진이 나
오는데, 빠자묵고 자진이 나오거던요. 저 저 헛박치는거 고기가
인자 저 무슨 가락입니까? 그거는 대개 인자 소고를 저..놀린다는
지 가령에 인자 저 놀리는 과정이 안 있습니까? 있을 적에 인자
자진이 나올 적에 대개…….

류필현 : 꽃깔 색깔이는 전부 좋아서……

김덕명 : 여개는 전부 꽃깔로 꽃깔 색깔이는 대게 어떤 기, 색깔이는 몇 색
깔이로 했습니까? 대개 하얀 백색으로 했습니까? 무슨?

연희자 : 아니 우리는 색깔이는 썪아(섞어)서 했습니다.

김덕명 : 썪아서?

연희자 : 예예 꽃이 우쨌기나 동골동골 구부렀어요. 꽃이 놀았어요.

김덕명 : 그런데 꽃깔로 대개 꽃을 꽃깔 위에 꽃을 달기로 대개 거 저 딴
데는 틀린란가모르지만, 마 묶기로 막 다는데, 여기서는 대게 꽃
갈 하나 태 대게 꽃을 몇 개씩 달았어요?

연희자 : 하나, 둘, 서이, 너이, 다섯나, 다섯나.

김덕명 : 다섯 개 달아는기요? 네?

연희자 : 동서남북 기가지고 복판에 중앙 딱 놓고, 그것도 격이 있습니다. 앞에 있고, 앞에 있고, 옆에 두 개 있고, 뒤에 있고, 이렇거던 꽃깔이.

김덕명 : 예 그런데 대개 신을 신는데, 짚신을 신어겠지요?

연희자 : 그렇지 옛날에 짚신이고, 그 다음 와서 고무신이고.

김덕명 : 예 그런데 대개 여 보면 말이지. 요새 저..전통민속이라고 이래 나오는데 대개 보면 내가 볼 때는 저 밑에 단닢(대님)을 매고 웃단닢을 쳤는데, 행군(전)을 치고 있거든요. 그거는 어떻습니까? 행군을 쳐야 맞습니까? 하하 웃댕이를 쳐야……

연희지 : 우리는 행건 안 쳤지요. 안 맞지. 안 맞지. 우리는 행건, 행건 옷차림을 딱하면, 갑댕이를 딱 매면 갑댕이 딱 매면 매고 지 옷차림 딱 해가지고, 지금이라도 여여 다리도 안 묶꿉니다.

김덕명 : 웃댕이는 안 매고요?

연희자 : 아 암 안 묶웁니다.

김덕명 : 웃댕이 안 매고……

연희자 : 안 묶꾸고 차롬하이. 이래 하지. 이래 하지. 소북도 두루마기 입은기라. 이래 뒤로 딱 재치가 가지고 딱 묶꾸고, 예 예 예 예 또 그기 안 있나. 저 저 뭐꼬? 지단(기다란) 거 입고……

김덕명 : 그거는 캐(쾌)자라 하는 긴데……

연희자 : 캐자 말고, 그 저 저 매는 거 말입니까? 저 저 저 띠 띠매는 거 말 아닙니까? 예 그기 하나, 둘, 세나 친데, 열십자 매고, 그기 채복, 채복, 채복, 채복을 맸어요. 채복, 채복, 채복이, 채복이, 채복이, 와이라 삼색깔. 이리가고 중간에 매고 채복이 삼색깔……

류필현 : 행건(전)도 안 쳤고?

연희자 : 행건 안 쳤지.

김덕명 : 웃댄닢도 안 매고?

연희자 : 안 매지. 안 매지.

김덕명 : 단닢만 매고 했거만.

연희자 : 옳지. 옳지. 단닢만 딱 매면 양반을 단닢 매듯이 단닢 딱 매가지고
저 양반들 매면 요래 안 내룹니까? 요대로 배(보)기 좋도록 갑댕이
매고, 탁 내라가주고, 배기 좋게 싹 조선 저 저 딱 입어가지고이
더, 갑땍이 매면 갑땡이 안 비도록 탁 내룹니다. (웅성웅성) 탁 내
라가지고 그랍니다. 조선옷 다 입어나면……

김덕명 : 여 특색이 행건 안 치고……

연희자 : 탁 안 내룹니까? 내라가지고 안 합니까? 꼭 고식으로 그래 갖추갖
고……

류필현 : 행건도 안 쳤고. 아무 것도 안 했는가?

김덕명 : 웃댕이도 안 쳤다?

연희자 : 아무도 안 쳤지. 갑댕이 매고 접은 것 딱 내라가주고 행건도 안
하고……

김덕명 : 행건이라 하는 거는 저 저 저 저 양반들 양반들 나들이 할 적에
여게 저 저 머 저 저 웃(옷) 배(버)리까 싶어서 매는기 있읍니다.

연희자 : 그래 매고 상재들 와 그기 행건이고 곱쟁이마냥 한번 더 매는 기
행건이고……

류필현 : 그래 양반춤 출 때는 어째 추는데? 머 어째 추는데?

연희자 : 예, 덧배기, 덧배기 어 그는 마 순장난 덧배기 춤추도록 맨들었고,
예 특수하게 만들은 장면은 굿거리도 있고……

김덕명 : 그래 꽹가리 여러 가지 나오내요. 지금도 머 오래 되었는데, 굉장
히 저저 가락이 또박또박하이.

연희자 : 내가 장을 치보니 알그든. 배 묶는다 하이. 그기서 그서 뭐가 있는
야 하면 여덥 (덟) 가지 나오는데, 덧배기 굿저(거)리 덧배기 이거
는 보통 우리가 춤 추도럭 참 하고 그서 발림이니 새로 나온다
하면, 여섯 가지가 두 개 나올 깁니다. 나온 그거는 탁 틀리지요.
조목조목이……

김덕명 : 놀음마다 다 틀리지.

연희자 : 조금 조금 정도는 틀리지. 그럼 북을 소북을 놀린다 장구 놀린다

이것도 있습니다. 저 쇠로 가지고 복도 놀리고 장구도 놀리고 큰

북도 놀리고 예 징도 놀리고 어-

김덕명 : 말뚝이춤도 놀리고 뭐.

연희자 : 양반춤도 추게 하고, 양반이 저 상놈 돈 가지고 오면 가주오면 빼

떨어(빼앗아) 묵기로 하는 이런 장단을 쳐주고.

김덕명 : 전부다 장단은 그서 쇠가 뭐 저 다 나옵니다.

연희자 : 예 그서 합니다.

김덕명 : 말로 안하고 전부 쇠로 가지고 앞장을 서이까네. 그러이 상쇠가

갱장이 중요하지요.

연희자 : 그러이 처음 갈 때는 "주인, 주인, 문 여소. 주인, 주인, 문 여소."

쇠로 가지고 "주인, 주인 문 여소." 그대로 안합니까? 옛날에 옛

날에 여 김석택이라는 분이 창녕인가 어디서 쇠치고 들어가니까,

쇠로 치니까, 조그만한 애가 나와서 "들오거든 들오고 들오기 싫

어면 말라." 하고 답을 하더랍니다. 화답을 해요. 그런 쇠도 쳤다

하는데, 요시 머 저 머 전라도 저 쇠 캐사도 그런 쇠 칩니까? 안

칩니다. 따다다 따대기 아닙니까? 막 따대기 붙여가지고 때대기

부처가지고 한참 마 뱅뱅 돌고 이래가주고 장구치고 그……

류필현 : 그 그 채장구 있습니까? 여 장구 못 칩니다.

연희자 : 여 이러는데, 여 저 저 쇠 치로(러) 들어간 사람이 주인을 찾아거

든. "주인, 주인, 주인, 문 여소." 카인깨(하니까) "들오거든 들오

고 들오기 싫으면 마라." 하거든. 장고는 인자 장구 저 장구는 장

고 장단- 굿거리네. 저는 기생 장구고, 저런 장구는 보통 치라 하

면 아무도 못 칩니다.

김덕명 : 이런 거 아무나 못 칩니더.

연희자 : 김성경이가 이념(놈)을 배울라고 말입니다 얼마나 고생했는 줄 압

니까? 이 형님 집에 가가주고 "에라 만수 에라 대신이여. 놀고 놀

고 놀아 봅니다. 아니 놀지는 못하리. 어찌하면 잘 노는가 지화자

-" 아이고 되서 못 하겠다.

3. 맺음말

이상의 녹취록을 통하여 다음과 같은 사실들을 확인할 수 있다.

   ① 말뚝이가 검은 색 벙거지를 썼다.
   ② 말뚝이가 말채찍을 양 어깨에 메고 춤을 추었다.
   ③ 말뚝이가 붉은 색 탈을 썼다.
   ④ 말뚝이가 홍색 상의를 입었다.
   ⑤ 가락은 굿거리, 덧배기, 자진, (늦은 자진, 빠른 자진, 휘모리) 등 6개였다.
   ⑥ 악사의 고깔은 다섯 개의 종이꽃을 동서남북과 중앙에 매달았다.
   ⑦ 신발은 짚신을 신다가 고무신으로 바꾸었다.
   ⑧ 바지 가랑이는 대님으로 묶고, 윗대님이나 행전은 하지 않았다.
   ⑨ 소북(악사)도 두루마기를 입고, 두루마기 자락을 뒤로 묶었다.
   ⑩ 지신밟기의 악사들은 삼색 띠를 둘렀다.

가락오광대는 악사와 탈꾼으로 편성되고, 지신밟기는 악사와 잡색으로 편성되었으며, 잡색은 하동, 상놈, 양반, 사대부가 있어서 다른 지역의 각시나 포수가 없는 게 특이한데, 오광대의 등장인물하고는 확연하게 구분된다. 그렇지만 지신밟기의 연희자가 오광대의 연희자도 겸하였던 것으로 말해진다. 그러나 악사의 경우도 지신밟기의 악사는 삼색 띠를 둘렀는데, 오광대의 악사들은 두루마기 차림으로 두루마기 자락을 뒤로 묶어서 일상복 내지 의례복을 연희복으로 변형시킨 점도 이채롭다. 그리고 무엇보다도 말뚝이가 붉은 상의를 입은 것도 다른 지역의 탈놀이와 확연하게 구별되는 점이다. 그만큼 김해 가락오광대의 독창성과 지역성을 강조해도 결코 과언이 아닌 것이다.

제3부

신화와 탈춤의 고장, 김해는 어떤 땅인가?

1. 김해 지방의 역사

김종간

1. 총론

한반도의 젖줄이자 동맥인 낙동강(洛東江)이 남으로 흘러 남해(南海)와 만나는 끝자락에 위치한 김해(金海)는 가락국(駕洛國)의 도읍지로서 축복의 땅이다. 아득한 옛날부터 생명의 젖줄 낙동강이 일천 삼백 리를 흘러 대해(大海)를 만나기 전 충적 평야를 만들었으니 천혜의 옥토는 민족의 시원 산업을 꽃피웠다. 밖으로는 낙동강과 남해가 수로 해양 교통의 요충지로 일찍부터 해양 문화를 꽃피워 고대 문명을 수용하고 전수하는 중요한 역할을 하였다.

이를 입증하듯 선사 시대부터 역사 시대까지 고장의 곳곳에 형성된 고인돌, 조개무지, 고분군 등의 유적(遺跡)과 그 유적에서 발굴 조사된 유물(遺物)들은 이를 웅변해주고 있다. 역사기 초기에 칭국힌 가락국은 농경, 토기, 철기 문화를 활짝 열어 외국과 교류하는 해양 문화를 꽃피웠다. 특히 철의 생산과 가공 수출은 가야 제국의 정치, 문화의 큰 힘이 되었다. 신라와 통합한 후 가락국의 풍부한 물적 자원과 우수한 인적 자원은 신라 통일의 근간이 되어 민족 최초의 통일에 큰 힘이 되었다. 가락 왕손은 멸족되지 않고 신라 왕실과 혈맹적으로 깊은 관계를 맺었으며, 김유신(金庾信) 장군은 통일의 선봉 대장군이 되기도 했다. 신라 시대 옛 가락국 김해는 금관소경(金官小京)으로 우대되었고, 고려 시대에는 옛 가락 왕조의 역사와 문화는 최대한 인정되어 금관주(金官州)로서 6가야의 주국(主國) 위치를 잃지 않았다. 조선 왕조 시대에서도 옛 가락 왕조의 역사 문화적 전통성은 결코 무시되지 않았으며 세곡(稅穀)과 조운(漕運)의 기지가 설치되어 수로 교통의 중심지가 되었다. 광복 이후 곡창 김해 평야가 부산시에 편입됨으로서 독창적이고 우수한 가락국의 역사와 문화가 훼손되고 김해의 자존심이 흔들리기도 했지만, 자치 시대 지방 분권의 시대를 맞아 세계적인 가야 문화 도시로 우뚝 서고 있음을 자긍하면서 김해의 문화사(文化史)를 시대순으로 살펴본다.

2. 고대 및 삼한 시대

일천 삼백 리를 흘러온 낙동강이 만든 충적토(沖積土) 김해 평야와 한반도가 남으로 달리다.남해를 만나면서 만든 김해의 산과 들은 가야 문화(伽倻文化)의 시원지가 되었다. 가락국의 도읍이 있기까지 기름진 산과 들, 하천과 강 그리고 바다는 인간이 정착하는 데 최적의 요소였을 것이다. 김해 지방에는 언제부터 사람이 살았고, 가락국은 언제 세워졌는지 정확히 알 수는 없다.

가락국의 영역이라는 이유로 고장의 문화는 소외되고 때로는 왜곡되었고 묻혀갔다. 그러나 낙동강의 끝자락 동쪽의 산과 들에서 남해의 바닷가에서 살아간 김해 선주민(先主民)의 삶을 연구하는 고대사(古代史) 연구는 이 나라 역사 이래 가장 분주하다. 기록이 없다, 부족하다, 사서(史書)가 없다는 역사 왜곡 앞에 고분(古墳)의 보고(寶庫)인 김해의 땅속에서 쏟아져 나온 유물(遺物)이 입증하는 김해의 고대사는 인간이 신석기 시대(新石器時代)부터 살았음을 전하고 있다. 생활의 기원을 해변과 강가에서 수렵과 어로 생활을 하다가 청동기 시대(靑銅器時代)로 들어오면서 농업이 시작되었다. 낙동강을 중심으로 하천이 있는 넓은 땅은 농경의 최적지가 되었고, 따뜻한 기후와 기름진 땅과 물은 농경 문화를 찬란히 꽃피울 수 있는 원천이 되었다. 회현동 패총을 비롯하여 부원동, 농소, 수가리 패총 등에서 발굴된 불에 탄 벼와 각종 농작물을 비롯해서 어망추 등이 뒷받침하고 있다. 풍요한 자연을 사랑하고 의존한 생업은 농경을 시작으로 씨족(氏族)과 부족 사회(部族社會)를 이루어갔던 것이다. 이때 김해에 최초로 발생한 부족 국가로 구야국(狗倻國), 또는 구야한국(狗耶韓國)이였음을 중국(中國)의 사서(史書)인 삼국지(三國志) 위서(魏書) 동이전(東夷傳)이 전하고 있다. 적고 있기를 "구야국은 변한의 맹주로서 철을 생산하고 가공하여 사용하고 수출하였으며, 중국의 낙랑 및 대방과 교류하였고, 고대 일본 문화 발달에 큰 영향을 주었다."고 적고 있다.

3. 가락국 시대(駕洛國時代)

가락국은 역사기 초기에 김해에 창국한 최초의 왕조 국가로 삼국유사(三國遺事)의 「가락국기(駕洛國記)」에 "국호를 대가락(大駕洛) 또는 가야(伽倻)라 했다."고 적고 있다. 한반도의 남쪽에 형성된 변한 12국의 하나였던 구야국(狗倻國 ; 필자는 龜耶國으로 본다)은 풍요한 자연 환경을 배경삼아 부족 국가를 만들었으며, 철을 생산 가공하는 지혜로 농경 문화와 해양 문화를 찬란히 꽃피워 왕조 국가 건설의 기반이 되었다. 이와 때를 같이하여 동쪽으로 신라, 서쪽으로 백제, 북쪽으로 고구려가 이에 창국하여 정치 집단으로 힘을 넓히고 있어서 구야국은 위협을 느끼지 않을 수 없었다. 구야국의 백성들은 시대의 가장 큰 힘인 식량을 농경으로 해결하였고, 철을 사용하는 기술까지 개발하여 왕조 국가 건설을 자연스럽게 이룰 수 있었다고 생각된다. 당시의 상황을 「가락국기」에서 살펴보면 "국가 체제는 없었으나, 아도간(我刀干), 유천간(留天干), 신천간(神天干), 오천간(五天干), 신귀간(神鬼干) 등 9명의 부족장이 부족을 거느리고 살았다. 9명의 부족장은 백 호(마을)에 7만 5천 명의 부족과 살았는데, 서기 42년 3월 3일 북쪽에 있는 구지봉(龜旨峰)에서 수로왕(首露王)을 맞이하였으며, 그가 3월 15일에 가락국을 건국하여 시조로 즉위하였다. 나라의 경계는 동쪽은 황산강(지금의 낙동강), 서남쪽은 창해, 서북쪽은 지리산, 동북쪽은 가야산, 남쪽은 곧 나라의 끝이었다. 서기 43년에

사진94 - 은하사

사진95 - 국립김해박물관

196 김해 가락오광대

남쪽의 신답평(新畓坪 ; 봉황대 일대)에 궁을 지었으며, 서기 48년에 인도의 아유타국 공주인 허황옥(許黃玉)을 왕비로 맞이하였다. 그 시대 가장 문화가 발달한 인도 아유타국의 공주와 결혼한 것은 가락국의 국력이 대단했음을 느낄 수 있다. 가락국은 시조 수로왕으로부터 10대 구형왕(仇衡王)이 신라 법흥왕에게 항복하여 병합되기까지 491년간 왕계를 이으며 독특하고 찬란한 문화를 꽃피웠다. 가락국은 구형왕이 신라의 법흥왕에게 서기 532년 항복하여 병합되기까지 491년간 독특한 왕조 문화를 꽃피웠음을 고장의 구전과 가락국기를 비롯하여 사서(史書)가 전하고 있으며, 특히 김해 지방 전역에 분포되어 있는 유적과 그 유적에서 발굴된 유물이 웅변해 주고 있다. 그러나 가락국의 역사 또는 가야사(伽倻史)가 성립되지 않고 있음은 고장이 수치이자 민족의 부끄러움일 것이다. 부족한 사료와 발굴 유물은, 가락국은 역사기 초기에 농경, 토기, 철기, 해양 문화를 꽃피웠으며, 우리 고장을 비롯하여 전국에 분포된 가락, 가야 등의 지명은 모두 가락국의 찬란하고 독창적인 문화를 말하고 있는 것이다.

4. 신라 시대(新羅時代)

신라 시대 김해 지방의 문화사는 암울할 정도로 기록이 없다. 「삼국사기(三國史記)」의 신라 법흥왕(法興王) 19년(532) "금관국주(金官國主) 김구해(金仇亥 ; 仇衡王)가 왕비 및 세 왕자 첫째 노종(奴宗), 둘째 무득(武得), 끝 왕자 무력(武力)을 데리고 국고의 보물을 가지고 항복하여 왔다. 법흥왕은 예로서 맞이하여 상등(上等 ; 높은 벼슬)의 벼슬을 제수하고, 본국의 식읍으로 삼았다. 끝왕사 무력은 신라에서 벼슬이 각간(角干)에 이르렀다."고 적고 있다. 또한 사기의 「지리지(地理志)」에 "김해 소경(金海小京)은 옛적 금관국인데, 법흥왕이 금관군(金官郡)으로 삼았고, 문무왕(文武王) 20년(680)에 소경(小京)으로 삼았으며, 경덕왕(景德王)이 서기 757년에 김해경(金海京)으로 고쳤는데, 고려 때의 금주(金州)다."라 적고 있다. 가락국이 신라에 항복한 뒤에 금관군이 되었지만 문무왕이 소경으로 격상한 것은 가락 왕손들이 신라 발전에 크게 기여하였고, 신라 왕족과 혈맹 관계를 맺었기 때문이다.

문무왕은 가락국 왕조의 외손으로 가락국 마지막 왕인 구형왕의 증손자인 김유신 장군 여동생 문명왕후의 아들이다. 또한 신라는 수산물, 그리고 가야인의 기술로 생산되어 가공된 광산물과 공예물은 신라를 강국으로 크게 만드는 데 기여하였을 것이다. 비롯 나라를 잃었지만 김해 지방은 신라로부터 독립된 자치주로서 옛 땅을 가꾸며 백제 침입을 막았던 것이다. 오늘날 우리 고장의 이름 김해(金海)란 명칭도 신라 경덕왕 16년(757)에 붙인 김해 소경(金海小京)과 함께 생겨난 것이다. 통일을 이루고 태평 성대를 누리던 신라도 진골들의 족당에 의한 분열로 왕위 쟁탈이 계속되면서 쇠망의 길을 걷게 되어 중앙정부의 통제력이 상실되고, 각 지방에서는 호족들이 활개 치는 군웅 할거의 세태가 되었다. 이때 김해 지방의 호족으로 진례성제군사(進禮城諸軍事) 김인광(金仁匡)이 있었으며, 그 뒤를 이은 김율희(金律熙)가 진경대사(眞境大師)를 도와 봉림산파를 세웠다.

5. 고려 시대(高麗時代)

고려 시대는 신라 왕조의 골품제 신분 사회와 자주적 관인 국가로 과도기적 성격을 띤 시대였다. 국가 권력에 밀착하고 있는 귀족 관인 국가(貴族官人國家)였다. 초창기의 고려는 신라 말기와 후삼국 이래 대두한 호족들이 지방에서 세력을 떨치고 있었기 때문에 중앙 집권 체제의 정비는 불가능하였다. 호족에 의한 반자치적인 상태는 성종 때에 이르기까지 계속되었다. 성종(成宗) 2년(983)에야 비로소 지방 관제가 정비되기 시작하였다. 그러나 김해 지방은 비교적 빨리 체제가 잡혀갔다. 태조(太祖) 23년(940)에 신라 때의 김해 소경을 김해부(金海府)로 개칭하였으며, 다시 임해현(臨海縣)으로 낮춰졌고, 얼마 뒤 임해군이 되었다. 광종(光宗) 22년(971)에 다시 김해부가 되었고,

성종 14년(995)에 전국을 10도로 정할 때 4도호부(四都護府)의 하나인 금주안동도호부(金州安東都護府)로 승격되었다. 현종(顯宗) 3년(1012)에 금주도호부로 개칭되었으며, 방어사(防禦使)를 두었다. 이때 금주에는 동해(東海)와 남해(南海)의 국방을 맡은 동남해선병도부서사(東南海船兵都部署使)의 본영이 세 번이나 설치되었다. 1차는 문종(文宗) 32년(1078)부터 명종(明宗) 20년(1190), 2차는 신종(神宗) 5년(1202)부터 충렬왕(忠烈王) 19년(1293), 3차는 공민왕(恭愍王) 7년(1368)부터 우왕(禑王) 4년(1378)까지였다. 이는 왜구들이 동해와 남해로 수 없이 침략했음을 말해주고 있으며, 김해는 국방의 요충지로서 큰 역활을 하였음을 전한다. 국가 사적 제66호인 분산성(盆山城)을 우왕 3년인 서기 1377년에 김해부사(金海府使) 박위(朴葳)가 쌓았음도 이 시대에 왜구의 침입이 잦았음을 알 수 있다. 원종(元宗) 12년(1271)에는 삼별초(三別抄)의 난에 호응하여 일어난 밀주(密州)의 민란을 금주방어사 김훤(金喧)이 평정하여 그 공으로 금녕도호부(金寧都護府)로 승격되었다. 충렬왕 초에는 원나라와 연합군을 조직하여 일본을 원정할 때 거점으로서 원나라의 진변만호부(鎭邊萬戶府)가 금주에 설치되었다. 특히 충렬왕은 즉위년에 일본을 원정하는 군사를 격려하기 위해 금주로 내려와 금강사(金剛社; 대성동 송악산 기슭)에서 유숙했다고 적고 있다. 『김해읍지』의 불우(佛宇)조 금강사편에 영의정을 지낸 하륜(河崙)이 불훼루기(不毁樓記)에서 "충렬왕이 여기에서 연(輦)을 멈추고, 한 차나무에 장군차(將軍茶)라 이름을 내려 주었다."고 적고 있다. 충렬왕 19년(1293)에 금주의 정리(丁吏)인 임대(林大)와 영리(營吏)인 허분(許芬)과 김언(金彦)이 경상도 안렴사인 유호(劉顥)를 살해한 사건으로 한때 현으로 강등되었다. 충렬왕 34년(1308)에 금주목(金州牧)으로 승격되고 충선왕(忠宣王) 2년(1310)에 김해부로 개칭되었다. 이때 김해부의 관할에는 함안군(咸安郡), 의안군(義安郡)과 합포(合浦), 칠원(柒原), 구산(龜山:진해), 현(縣) 등이 있었다. 또한 특수 마을로 수다부곡(水多部曲 ; 대동면 수안), 재을미향(齋乙彌鄕 ; 장유면 삼문), 성화예향(省火禮鄕) ; 강서구 녹산동 산양), 달음포향(達音浦鄕 ; 대동면 월당), 감물야향(甘勿也鄕

; 상동면 대감) 등이 있었다. 고려의 지방 제도에서 부곡, 향, 소(所) 등은 주로 천인들의 거주지이나 특수한 신분의 백성들이 거주하는 곳으로 관리를 두지 않고 인근의 도호부, 주(州), 군(郡), 현(縣)의 지방관의 감독을 받았다.

6. 조선 시대(朝鮮時代)

조선 왕조는 사대부 계층이 새로운 주체 세력으로 사회 변혁을 추진하는 과정에서 성립되었다. 민생을 증진시키기 위해 향촌 호족(鄕村豪族)의 민중에 대한 사적인 지배를 막는 데 주력하였다. 모든 백성을 일원적인 지배하에 두어야 한다는 의도에서 고려의 신분적 성격을 가진 군현제(郡縣制)를 개편하여 행정적인 지방 제도를 수립하였다. 김해는 태조(太祖) 2년(1393) 11월에 각도의 수관(首官)을 정하면서 경상도 5수관의 하나인 김해부(金海府)가 되었다. 이 때에 동남해부서사 본영을 폐하였다. 태종(太宗) 13년(1413)에 김해도호부(金海都護府)가 되었으며, 이때 고려 시대부터 관할해 왔던 웅신(熊神 ; 웅천), 완포(莞浦 ; 웅천)의 두 속현과 대산(大山 ; 대산면), 천읍(川邑 ; 웅천)의 두 부곡도 김해도호부 아래에 두었다. 웅신, 완포, 천읍이 모두 지금의 웅천 일대로 웅천이 옛날에는 바닷가에 위치하여 사람이 많이 모여 살았음을 알 수 있다. 세조(世祖) 2년(1456) 3월에 판관(判官)을 두었으며, 5년(1459) 7월에 김해진관(金海鎭官)이 설치되었으며, 이때 창원부(昌原府)와 함안군, 거제, 칠원, 진해, 고성, 웅천 등 5현이 소속되었다. 이때 김해도호부사는 별중영장(別中營將)을 겸임했다. 조선 시대 김해의 면 구역 명칭을 「김해읍지」, 「대동지지(大東地志)」등을 통해 살펴본다. 좌부면(左部面), 우부면(右部面), 상동면(上東面), 하동면(下東面), 활천면(活川面), 대야면(臺也面), 칠산면(七山面), 율적면(栗赤面), 주촌면(酒村面), 진례면(進禮面), 유등야면(柳等也面), 잉천면(芿川面), 하계면(下界面), 태산면(太山面), 중북면(中北面), 하북면(下北面), 주림면(朱林面), 부내면(部內面) 등 18개 면이다. 이상의 면 구역 명칭은 기록이 전하는 가장 앞선 것이며, 1831년에 편찬된 「김해읍지」의 방리(方里) 조에서는 21개 면으로 적고 있다. 상동면, 하동면, 활천면, 좌부면, 우부면, 주촌면(酒村面), 진례면, 율리면, 하계면(下界面), 칠산면, 류하면(柳下面), 대야면(臺也面), 녹산면(菉山面), 명지도면(鳴旨島面), 하북면, 중북면, 생림면(生林面), 대산면(大山面), 덕도면(德島面), 가락면(駕洛面), 장유면(長有面) 등이다. 1896년 5월 지방 관제 개혁으로 김해군이 되었으며, 1906년 9월 대저면이 양산군에서 김해군으로 편입되었고, 대산면은 창원군으로 이속되었다. 이때 김해군은 23개 면이었는데, 좌부, 우부, 활천, 칠산, 하계, 상북, 중북, 하북, 생림, 상동, 하동, 명지, 가락, 덕두(德頭), 류하, 수남(水南), 대야, 녹산, 율리, 진례, 주촌, 주서, 대저면 등이다. 조선 시대의 김해 역시 지형적 위치적 특수성으로 군사저 요충지로서 그 비중이 컸으며, 곡창이 있어 식량의 창고로 그 역할이 막중하였다.

7. 일제 강점기

1910년 8월 22일은 국치일(國恥日)이다. 한·일합방이 체결됨으로서 한반도는 일본의 식민지로 전락하였다. 1914년 3월 1일 김해군의 23면은 14개면으로 축소 통합되었는데 좌부, 우부, 하계, 이북, 가락, 장유, 녹산, 진례, 주촌, 상동, 하동, 명지, 대저면이다. 1918년 7월 좌부면과 우부면이 김해면으로 됨으로써 13개면이 되었으며, 1928년 4월 1일 하계면이 진영면으로 개칭되었고, 1931년 11월 1일에 김해면이 김해읍으로 승격되었다. 경남 발전의 동맥이 된 지금의 국도 14호선은 1930년 9월 30일 낙동강 장교(長僑 ; 구포다리)가 가설 준공되면서 시작된다. 이 교량 건설을 시작으로 1935년 7월에 불암의 서낙동강에 김해교(金海僑), 평강의 가락교(駕洛僑)가 가설됨으로써 부산-김해-마산간 도로가 연결되어 자동차 교통로가 신설되고 국도 14호선의 기원이 되었다. 1934년 경남 자동차 주식회사 김해 영업소가 설치되었고, 1938년에 김해읍을 시발로 김해-구포, 김해-진영, 김해-유림정(한림정), 김해-조만포, 김해-월촌(대동) 등 5개 노선의 김해 교통로가 생겼다. 1941년 11월

1일 진영면이 진영읍으로 승격하였고, 1944년 10월 1일 하동면이 대동면으로 개칭되었다. 또한 일제 시대에는 김해 지방에 많은 일본인들이 이주해 와서 김해의 지주가 되어 김해인을 소작인으로 부리기도 했다. 그들의 만행을 어찌 모두 열거할 수가 있을까마는 우리 민족은 억압의 통치에 슬퍼하고 울고만 있지 않았다. 1919년 3월 1일 기미 독립 만세 운동의 시작으로 김해 지방에서도 조국 광복을 위한 독립 저항 운동이 곳곳에서 일어났다. 김해면, 장유면, 칠산면, 명지면, 하계면 등에서 일어난 독립 만세 운동은 수많은 선열이 구속되고 순국하였다. 한림면 출신 배치문 의사는 목포에서 조국 광복을 위해 중국을 오가며 활동하다 순국하였고, 1919년 4월 프랑스 파리 강화 회의장에 보낼 독립 청원서에 김해의 대표로 노상직, 유진옥, 안효진이 서명하였다. 특히 1930년에는 김해 공립 보통학교, 김해 공립 농업학교 학생들이 만세 운동을 주도하였다. 36년이란 긴 세월이지만 조국 광복을 향한 국민과 김해인의 열망은 식지 않았으며, 조선인에 대한 일본의 만행은 이루 말할 수 없었다. 미곡(米穀)에서부터 소를 비롯한 가축은 물론 나무와 잡초에 이르기까지 80여 종을 수탈해 갔다. 특히 김해의 역사와 문화의 파괴와 수탈은 극에 달했으며, 배를 만들고 기름 대용으로 사용하기 위해 산하의 소나무를 무자비하게 베어서 공출해갔다. 그러나 일제의 발악도 1945년 8월 15일 일본 천황의 무조건 항복으로 일제 침략 시대는 막을 내렸다.

8. 대한민국(大韓民國)

1945년 8월 15일 해방으로 일제 시대의 김해 군수 윤관(尹灌)이 물러나고, 대한민국 초대 김해 군수로 한봉섭(韓奉燮)이 10월 부임했다. 1947년 6월 25일 김해읍의 일본식 동(洞) 이름을 우리의 이름으로 바로 잡았다. 해방과 함께 미군(美軍)의 감독을 받았던 미군정(美軍政)은 3년만에 끝나고, 1948년 5월 10일 선거를 치루어 대한민국 정부가 수립되었으며, UN 승인을 경축하는 경축대회가 12월 15일 동광 초등학교에서 열렸다. 1950년 6월 25일 북한의 불법 남침으로 국론 분열 속에 국토가 폐허가 되고 수많은 인명 피해를 당해야했다. 다행히도 김해 지방은 전화를 입지 않았지만, 후방의 군사 기지와 피난민의 수용지로서 최선을 다했으며, 김해 농업학교 학생들이 학도 호국단으로 전선으로 나아가 자유 수호를 위해 순국하고 부상당했다. 6.25전쟁 이후 정부와 국민은 가난 퇴치, 국토 개발을 위한 사회 개혁과 변혁을 주도하였다. 1963년 부산-김해-마산간 국도가 아스팔트로 포장되었으며, 1973년 7월 1일 대저면이 읍으로 승격하였다. 1976년 4월 20일 김해읍에서 동, 서, 중부에 출장소가 설치되었고 1978년 2월 15일 대저면, 명지면, 가락면 일부가 부산시에 편입되었다. 1979년 5월 1일 김해읍에 북부 출장소가 설치되었고, 1981년 7월 1일 김해읍이 시로 승격하였다.

　1983년 2월 15일 생림면 금곡리가 이북면으로 편입되었으며, 1987년 1월 1일 이북면(二北面)이 한림면(翰林面)으로 개칭되었다. 1989년 1월 1일 또 다시 녹산면과 가락면이 부산시로 편입됨으로써 가락국 도읍지 김해(金海)는 정체성에 큰 타격을 입었다. 1995년 5월 11일 김해시와 김해군이 통합하여 김해시에는 1읍 7개면 10개동이 되었으나, 1998년 9월 12일 칠산동과 서부동이 통합하여 칠산서부동이 됨으로써 1읍 7개면 9개동이 되었으니, 진영읍, 한림면, 생림면, 상동면, 대동면, 주촌면, 장유면, 진례면, 내외동, 북부동, 회현동, 칠산서부동, 동상동, 부원동, 활천동, 삼안동, 불암동 등이다. 선사 시대부터 가락국의 도읍지로 왕조 국가의 국방 요충지로 역사의 수레는 그 자국마다 조상의 거룩한 삶의 흔적을 남기고 있다. 21세기의 김해시는 40만 인구가 이웃으로 살아가는, 역사문화가 살아 숨쉬는 미래의 도시로 나아가고 있다.

2. 조선 후기 김해 가락지방의 교통과 상품 유통의 발달

변광석

1. 김해의 지역 입지

낙동강 유역은 한반도의 남부 지역에 위치하며 백두대간의 허리와 낙동·낙남정맥으로 둘러 쌓여서 산으로 구분된 경계가 뚜렷하고 강을 중심으로 넓은 분지와 평야를 안고 있다. 낙동강 유역은 영남 주변의 다른 지역과 비교해 볼 때 강으로 인해서 축적된 다양한 문화적 특징이 존재하고 있다.

조선 후기 김해는 낙동강 본류를 안고 있는 군현 가운데 교통망과 장시(場市)가 가장 크게 발달한 곳이며, 19세기 당시에 장시 수는 6기로 진주·밀양·울산·창원에 이어 많았다. 김해의 교통 조건은 낙동강 수로와 육로의 도로망이 함께 잘 발달해 있었다. 『대동여지도(大東輿地圖)』에 의하면 김해의 읍 중심지에서 뻗어 있는 도로수가 7로(路)로 진주의 10개 다음으로 많이 세분되어 있었다. 또한 고을의 역원(驛院)의 수가 『경상도읍지』(1832년)에 의하면 6처로서 진주·밀양 다음으로 많았는데, 이를 제외하고 19세기에 들어와 이설·폐지된 것만 해도 10처나 되었다.[1] 더구나 경상남도 8읍의 도호부 가운데 가장 먼저 도호부로 승격하였으며, 고대에는 가야제국의 맹주였던

---

[1] 『慶尙道邑誌』(1832년), 金海府 驛院; 『嶺南邑誌』(1895년), 金海 驛院.

금관가야의 유구한 역사와 전통을 지니고 있다.

김해가 이처럼 우세한 읍격(邑格)을 갖출 수 있었던 가장 기본적인 요인은 무엇보다도 낙동강의 젖줄에 기인하고 있다. 낙동강 하류에 위치한 김해 지방은 영남 지역 중에서 양산·동래와 함께 낙동강의 본류와 바다가 만나는 동남해안권에 속하며, 그러한 수운교통의 어귀에 가락(駕洛)이 있었다. 가락은 낙동강 하구의 양쪽에 걸쳐 있으며, 1914년 일제가 지방 제도를 개편할 때 서쪽의 가락면(食滿里·竹林里·竹洞里·鳳林里)과 동쪽의 덕도면(大沙里·德島里·濟島里·北亭里)을 합하여 가락면으로 하였다. 그 후 1978년에 동쪽의 강동 지구가 부산시에 편입됨으로써 옛 가락면만이 남게 되었고,[2] 이어서 가락면 일대가 오늘날 부산시 강서구에 편입되었다. 옛 가락은 지금의 죽림동을 비롯하여 죽동동, 식만동, 봉림동에 걸쳐 있었다.

이제부터 조선 후기 경상도 남부지역에 위치한 김해 가락지방을 중심으로 하여, 경상도의 각 군현에서 차지하는 육로와 낙동강 수로의 교통망·물화의 생산입지·장시와 포구에서의 상품 유통 실태 등을 살펴보기로 한다.

2. 경남 지역 조운(漕運) 체계와 교통망의 발달

조선 시대에 인적·물적 교류를 위한 주요 교통망은 륙로와 수운(水運)이었다. 수운은 해운(海運)과 강이나 하천을 통한 강운(江運 ; 河運)을 포함하는 것이다. 수운의 주요 맥은 영남을 관류하는 낙동강이었다. 낙동강을 중심으로 그 지류로는 남강·황강·밀양강(三浪江) 등이 있다. 남강은 함양·진주·의령·함안을, 황강은 거창·합천을, 밀양강은 청도·밀양을 각각 그 유역권으로 아우르고 있다. 낙동강의 본류는 창녕에서 김해까지 경남을 관류하고 있으며, 합천 청덕면 적포리에서 황강을, 함안 대산면 장암리에서 남강을, 그리고 밀양 삼랑진읍에서 밀양강을 각각 합수(合水)한다.

낙동강 유역은 지형적으로 영남 지역의 3/4에 해당되는데, 바로 이 낙동강

---

2)『내고장 傳統』金海郡, 1983, 32쪽.

이 그 유역의 중심부를 관통함으로써 영남 지방의 문화를 통합하고 물화 교류를 전개하는 데 가장 중요한 역할을 담당하였다.[3]

조선 시대 선박의 운항은 강운(江運)과 해운으로 구분되었고, 운송 수단은 강선(江船)과 해선(海船)으로 구분되었다. 낙동강이 흐르는 경상도 지역은 조운(漕運) 제도에 의해서 영남의 세곡을 주로 수운으로 낙동강 상류까지 집류시켜 새재를 넘어 남한강을 이용하여 한양까지 운송하였다. 조선 초기부터 낙동강의 수운은 영남 지역 공물의 수송 기관으로서 중요한 역할을 수행하였다.

조선 전기 남부 지방 세곡의 수납처는 김해의 불암창(佛巖倉), 창원의 마산창(馬山倉), 사천의 통양창(通洋倉)이었으나, 수로가 험악하고 조운선이 매번 패몰을 만나 1403년(태종 3)에 조운선이 폐지된 바 있었다.[4] 조선 후기 특히 18세기 전반까지만 해도 원래 삼남 지방에는 선박이 귀한 편이어서 세곡의 운송이 원활하지 못했으며, 그 중에서도 영남 지방의 해로는 다른 지역에 비하여 한양까지의 거리가 멀어 조운이 곤란하였다.[5]

그러다가 1760년(영조 36)에 세곡의 원활한 운반을 위해 비로소 조창권(漕倉圈)의 거점이 확립되었는데, 그것은 창원 마산창과 진주 가산창(駕山倉)의 좌우조창 체계였다.[6] 그러나 경상좌도 물화 중심지였던 밀양 등의 고을이 좌조창과 약간 거리가 멀었기 때문에 단지 전세(田稅)만 포구수송으로 상납하고 대동미는 작포(作布)하여 조운의 문제점을 최소화하고 있었다. 곧 이어 1765년 밀양 삼랑창(三浪倉)의 후조창(後漕倉)이 증설되면서 이른바 삼조창(三漕倉) 체계가 되었다. 그리하여 밀양 창녕 양산 등 종래 좌조창과는 거리가 멀었던 경상도 내륙 지방의 세곡 운송이 원활해지게 되었다.[7]

---

3) 김종혁, 「경상남도의 교통」『慶尙南道의 鄕土文化(上)』, 한국정신문화연구원, 1999, 181쪽.

4) 『世宗實錄』 권150, 地理志 慶尙道. 조운체계와 유통망의 발달에 대한 구체적인 논고는 다음이 참조된다. 卞光錫, 「18·19세기 경상도 남부지역의 상품유통구조」『지역과 역사』 5, 1999.

5) 『增補文獻備考』 권157, 財用考4, 漕運, 「英祖七年 藥房提調 金在魯奏曰 近來三南稅穀之晚時裝發 實由於船隻之乏貴 而其中嶺南海路 比他道絶遠 漕運甚難」.

6) 『增補文獻備考』 권157, 財用考4, 漕運「(英祖)三十六年 慶尙道設左漕倉於昌原 是爲馬山倉 … 設右漕倉於晋州 是爲駕山倉」.

원래 조창의 운영을 위한 재정으로 여러 항목의 부세(賦稅)가 주어졌고, 또한 민들은 세곡을 운반하는 민역(民役)을 져야 했다. 그렇지만 조선 후기로 내려와 조창 인근의 고을민들은 수납과 운송에 따른 부담이 점차 과중해져 지방의 커다란 폐단이 되었다. 내륙 지역으로부터 조세를 수납하는 민(民)들이 등짐이나 수레바리로 조창까지 육로로 운반하는 부담이 컸고, 게다가 호노활리(豪奴猾吏)들의 도량형 사기와 저점(邸店)의 침탈로 일반민들에게 끼치는 피해가 심하였다.8)

그런데 후조창이 위치한 밀양 삼랑강은 창설할 때에는 강물이 깊고 넓어서 선박에 하적하기가 쉬웠으나, 점차 모래가 쌓여 수심이 얕아져 세곡을 해선으로 옮겨 싣는 과정에서 모비(耗費)와 지체되는 폐단이 많으므로 이설하자는 논의가 제기되었다. 그 대상 지역이 김해의 죽도(竹島) 쪽이었다. 그러나 이설하면 김해·양산은 수납하기가 편리하지만 밀양·현풍·창녕·영산은 수로가 멀고 또한 속읍민(屬邑民)들의 운반에 불편이 많기 때문에 시행되지는 않았다.9) 즉 조창까지의 세곡 운반은 주로 보행이나 거마 수송이었기 때문에 교통 사정이나 거리를 전연 도외시할 수는 없었다.

조창이 해당 지역권의 조세 상납 창구로서 성장하면서 동시에 이를 위한 지토선(地土船)이나 상선이 집중되면서 유통을 원활하게 하였다. 그리하여 18세기 후반부터 삼조창의 중심 포구만이 아니라 수운을 통한 세곡과 상품의 원활한 수송을 위해 인근 연강(沿江)과 연해(沿海)의 포구가 발달하기 시작하였다. 이로써 종래 단순히 세곡을 운반하는 조운만의 기능을 넘어서 점차 상품 교역의 중심지로 발전하게 되었다. 인근 고을의 농업 생산물을 행상들이 상품화하여 지역 내의 장시나 연안 포구에서 교역하였다. 조창권에 들어있는 군현이 포구-장시로 연결되는 상품 유통망으로 발달하게 된 배경도 여기에 있었다. 삼조창 체계 하에 각 조창에 전세·대동미를 운반하던 소속 군

---

7) 『日省錄』正祖 11년 4월 29일. 『增補文獻備考』권157, 財用考4, 漕運 「(英祖)四十一年 慶尙道又設後漕倉於密陽 是爲三浪倉 … 兩漕倉設立時 以密陽等邑 稍遠於左漕倉之故 只以田稅出浦 大同則作布矣」.
8) 『牧民心書』奉公六條, 往役.
9) 『正祖實錄』권48, 正祖 22년 4월 辛酉.

현은 다음과 같다.

> 마산창(좌조창): 창원, 함안, 칠원, 진해, 거제, 웅천, 의령 동북면, 고성 동
> 　　　　　　　남면
> 가산창(우조창): 진주, 곤양, 하동, 단성, 남해, 사천, 고성 서북면
> 삼랑창(후조창): 밀양, 현풍, 창녕, 영산, 김해, 양산[10]

이와 같이 세곡을 운반하기 위한 3조창의 중심 관할지에다가 열거한 고을이 각각 소속읍이었다. 이렇게 편성된 지역권은 조세 운반의 목적에서 나아가 곧 지역간의 교통 루트와 상품 유통망으로 기능하였다. 즉 인근 지역에서 조창으로의 육로 수송만이 아니라 조운로를 따라 연안포구를 왕래하면서 지토선이나 상선들에 의해 곡물이나 어물·소금 등의 무역활동이 활발하게 이루어졌다. 특히 지토선의 활약은 종래처럼 지역 내에서의 근거리 항해에 머물지 않고 인근 지역간을 왕래하며 곡물·어물의 행상·어상(魚商) 활동을 적극적으로 전개해 나가게 되었다. 때로는 정부가 필요로 하는 운송 용역에도 참여하게 되었다.[11] 이리하여 선상들의 임운 활동은 점차 영리를 추구하려는 목표로 나아갔다.

19세기 말 낙동강의 조운로를 따라 운송하는 주요 물화는 미곡(米穀)·대두(大豆)·식염(食鹽)·목면(木綿)·금건(金巾) 등이었다.[12] 개항 후 일본상권이 확대되면서 주요 수출품으로는 미곡·대두·우피(牛皮) 등이었고, 식염·금건 등은 수입품이었다. 특히 일본 상인들은 진주권 주변에서 생산된 풍부한 미곡을 구매하기 위해 편리한 조운로를 이용하여 추동기(秋冬期)에 집중적으로 몰려들고 있었다.[13]

따라서 경상남도를 지리적인 조건과 지역 내 유통망에 입각하여 주요 장시

---

10) 『萬機要覽』 財用編 2, 漕轉. 김해는 본래 左倉에 속하였는데 後倉이 설치된 뒤에 이속하였다.
11) 崔完基, 『朝鮮後期 船運業史硏究』 일조각, 1989, 176~177쪽.
12) 『通商彙纂』 제181호, 「韓國慶尙道洛東江水運」.
13) 『通商彙纂』 제217호, 「韓國慶尙南道視察復命書」.

(場市)와 포구를 중심으로 이루어진 상업권을 나누어 볼 수 있다. 즉 동래·수영·부산포-구포·양산·김해권, 밀양·삼랑진·창녕·영산권, 창원·마산·의령·함안·진해권, 고성·통영·거제권, 진주·사천·산청권, 하동·곤양·남해권으로 설정할 수 있다.[14)

이들의 지역적 유통권을 서로 연결하는 상품 유통 중심지는 18·19세기에 주변의 장시를 흡수 통합하면서 형성되는 각읍의 대장시였다. 그러한 대장(大場)으로 볼 수 있는 경상남도의 중심 시장권은 울산, 동래, 김해, 밀양, 창원, 고성과 통영, 진주로 설정된다. 이와 같은 중심장(中心場)을 구심점으로 하고 외곽의 주변장들이 유통의 순환권을 형성하였다.

3. 상품 유통 구조의 발달과 김해 가락 지방

1) 장시·포구와 낙동강 연안의 수운 발달

『임원경제지(林園經濟志)』(倪圭志, 八域場市)에 의하면 임진왜란 이후 17세기부터 각 지방에 장시가 성립되기 시작하여 18세기 중엽에는 전국에 1,000여 기의 장이 서게 되었다. 장시의 수와 밀도는 곧 인적·물적인 교류의 정도를 말해주는 지표이다. 장시는 18세기 이후부터는 수적인 증가보다 신설·폐지·통합·이설·개시일 변경·시장권 형성 등 질적인 발달을 보이면서 1월 6장(場)의 5일장으로 정착되었다.[15) 전국의 정기 시장 수를 도별 분포로 볼 때 경상도 지방이 가장 많다. 이것은 인구, 농업 생산력, 교통망 등의 문제와 직결되어 있었으며, 상품 유통이 긴밀하게 발달하고 있었음을 말해준다.

장시는 5일 간격으로 번갈아 개설되는 체계이면서도 일부 지역에서는 사정에 따라 고을의 중심장인 읍치장(邑治場)이 이분(二分)되는 경우가 있었

---

14) 여기서의 진해는 조선시대의 鎭海縣을 가리키며, 그 위치는 지금의 진해시가 아니고 마산시 합포구 진동면·진전면이다.
15) 장시의 통폐합에 관한 글은 韓相權, 「18세기말~19세기초 場市發達에 대한 基礎研究 -경상도지방을 중심으로」『韓國史論』 7, 1981 참조.

다. 군현의 읍장은 모두 "부(府)(주·성·읍)내장"등으로 불렸는데, 읍장시로서 사실상 한 권역의 단일 5일장이 필요에 따라 2개의 장시로 나뉘 각각 10일마다 번갈아 개설되는 경우도 있었다. 하동의 하두치장(府의 邑治에서 1里, 2일 개설)과 상두치장(府의 邑治에서 5里, 7일 개설), 창녕의 읍내장(官門밖 5里, 3일)과 대견장(邑治에서 10里, 8일), 칠원의 성내장(3일)과 성외장(8일)의 경우는 그러한 사례였다.16) 이러한 사례는 장시에서의 세금 징수 문제와 같은 경제적인 이익과 결부되어 있었다.

경상도 남해 연안의 포구에서는 수운을 통한 상인들의 상업 동이 활발하였다. 그러한 유통은 경상도 연안에서만이 아니라 동해안과 서해안을 따라 강원도 및 전라도·충청도의 원격지에까지 연결되고 있었다. 이를테면 창원부의 마산포는 함경·강원도의 어물이 집중적으로 집하되었고, 또 이곳을 경유하여 서해안의 중심 포구인 은진(恩津) 강경포(江景浦)에까지 유통되는 중간 거점이었다.17) 『임원경제지』(倪圭志, 八域場市)에 의하면 경상도 장시에 출하된 상품 중에서 어물이 지배적으로 많은 지방으로는 창원·김해·기상·동래·하동·거제·남해·진해·웅천 등이었다.

이러한 어물 유통이 19세기 말이 되면 인근 지역간의 유통권이 긴밀하게 연결되었다. 김해와 기장은 부산 동래권의 대장시에 연결되었고, 진해와 웅천은 창원의 대장시에, 거제는 고성 통영의 시장권에, 그리고 남해는 하동의 대장시 즉 중심장에 각각 연결되었다.

조선 후기에 낙동강의 상품 유통은 수운으로 발달하였다. 수운의 요충지인 낙동강의 포구 중에서 길목에 해당되는 김해의 칠성포(七星浦)·불암진(佛巖津)·가락(駕洛)에서 시작하여 밀양의 삼랑진과 수산진, 의령의 기강진·박진, 창녕의 마수원진·남지, 합천의 적포·율지 등이 경남 지역 내에서 크게 중요하였다.

낙동강 하류에 위치한 김해의 칠성포는 낙동강이 바다로 들어가는 길목으

---

16) 『林園經濟志』 倪圭志 권4, 貨殖 八域場市.
17) 주로 北魚는 원산포에서 집하되어 김해와 마산포를 경유하여 서해안의 강경포에까지
   유통되었다. 『內需司庄土文績』(奎 19307) 15책.

로서 선박이 여기서 북쪽으로는 내륙의 상주까지 거슬러 올라가며 서쪽으로
는 진주까지 통행할 수 있었는데, 그 출입구인 김해에서 육로와 해로의 이익
을 주로 차지한다고 하였다.[18] 즉 낙동강 선운을 통하여 해산물과 농산물의
교역이 매우 활발하였다.

낙동강은 하구에 있는 하단포(下端浦)에서 삼랑진(三浪津) 일대까지는 조
수의 영향이 있어서 결빙하는 경우가 거의 없었으므로 연중 내내 항해가 가
능하였고,[19] 또 운항하기에 수심이 적당하여 안전하게 도달할 수 있는 구간
이었다.[20] 낙동강 선운의 물화는 내륙 지방에서는 쌀·콩 등 곡물류와 면포·
마포 등 직물류가, 해안 지방에서는 소금이나 어물류가 주로 운송되었다.

하단포-구포(龜浦)의 경우 낙동강의 입구가 험난하여 배의 운항이 편리하
지 못했기 때문에, 낙동강 선운을 통해 부산에서 내륙으로 화물을 보내기 위
해서는 일단 구포까지 육로로 수송하여 여기에서 선박에 적재하여 삼랑진-수
산진-사문진-왜관 등으로 수송하는 경우가 많았다.[21] 따라서 구포는 부산으
로부터의 육로 수송의 종점이자 강안의 중심지로 발달한 수운의 기점이 되는
중계 지점이었고, 곡물 등의 거래를 중개하는 유력한 거간(居間)들이 있었다.
또 하단포는 유명한 소금생산지인 명호도(鳴湖島)와 인접하여 부산과 연결
하는 상선의 집합지로서 시장이 번성하였다.[22] 1899년 10월의 보고에 의하
면 구포에는 선박 도매 상인이 7명, 미곡 거간이 20명, 일본인 잡화상이 1명
진출해 있었다고 하였다.[23]

경상도 내륙을 따라 낙동강 연안의 주요 물화 집산지는 김해-삼랑포-의령-
영산-창녕-초계-현풍 등이며, 창녕·의령의 수계(水界)를 이루는 기강(岐江 :

---

18) 『擇里志』 卜居總論, 生利.

19) 新納豊, 「鐵道開通 전후의 洛東江 船運」 『韓國近代經濟史硏究의 成果』 형설출
　　판사, 1989, 182쪽.

20) 『通商彙纂』 제196호, 「韓國洛東江河端三浪津間水運狀況」.

21) 왜냐하면 下端(河端)의 옆쪽 및 下端과 鳴湖島의 사이는 운항에 있어 가장 어려운
　　곳으로서 매년 수십 척의 배가 침몰하여 손실이 크다고 하였다. 『通商彙纂』 제196
　　호, 「韓國洛東江河端三浪津間水運狀況」.

22) 『慶尙道事情』 1, (藏 古2750-11) 제26, 慶尙道內重モナル商品集散地.

23) 『通商彙纂』 제149호, 「韓國慶尙道尙州大邱蔚山沿道地方情況」.

岐音江)에서 영산쪽의 낙동강 본류와 서부 경남의 진주쪽으로 연결되는 남강 연안의 포구로 나누어진다. 대부분 곡물이 진주에서 남강을 타고 내려와 정암진(鼎巖津)을 경유하여 낙동강으로 합류하였다.[24)]

낙동강 연안의 각 포구에는 하단·김해에서 올라오는 어물과 소금을 취급하는 객주(客主)가 있어 연강(沿江)의 물화 유통을 지배하였다. 연안을 왕래하는 주요 포구로서 소금배가 정박하는 곳은 밀양의 삼랑진, 의령의 박진(朴津), 초계의 가무창(加茂倉)·율지 및 그 위로는 현풍의 세암(洗巖)이나 대구의 사문진(沙門津) 등이었고, 여기에는 반드시 소금객주가 있어 식염 판매를 매개하고 있었다.[25)]

삼랑진의 경우 왕래하는 선박이 이곳에서 신수(薪水)를 구하거나 다른 선박과 물화를 교환하며, 동시에 밀양·청도·율산·언양·경산·경주 등 동북(東北) 제읍(諸邑)과 연결하는 상품 집산지였다. 특히 인구의 과반수가 객주업을 영위하고 있었다. 또 수산진은 내륙의 대장시인 밀양에 출입하는 물화 유통의 입구로서 중요한 위치였으며,[26)] 수산징권은 남창강과 마암강이 있어 낙동강으로 합류되었다.[27)]

19세기 삼랑진에는 김해로부터 소금이 많이 이입되었는데, 삼랑포와 연미포에서는 당시 행상들이 취급하는 소금 상품에 대한 염세(鹽稅)가 1석 당 2전을 상회하였다. 그리하여 소상인에 대한 상업세가 과중하여 늘 민은(民隱)이 되어 온다고 하였다.[28)]

해안의 어물과 내륙의 곡물을 교역하는 과정에서 포구 간의 상품 수송이 확대되면서, 18세기 말부터 동래 부산포와 밀양 입구 삼랑포의 두 지역을 왕래하는 전용 장선(場船)이 있었다. 개항 이후에는 수출입 상품이 증가하면서

<hr>

24) 『通商彙纂』 제181호, 「韓國慶尙道西南部內地情況」.
25) 『通商彙纂』 제19호, 「朝鮮國慶尙道巡廻報告」.
26) 『慶尙道事情』 1, (藏 古2750-11) 제26, 慶尙道內重モナル商品集散地.
27) 『慶尙道咸安郡叢瑣錄』 1890년 4월 18일 (한국지방사자료총서 18, 114~115쪽).
28) 「巡察使金公世鎬永世不忘碑」와 「府伯李侯喆淵永世不忘碑」. 이들 비석은 密陽市 三浪津邑 三浪里 下部마을에 있는데, 그 위치는 삼랑진 철교에서 서북방향 강변 산기슭 아래이다. 이 일대는 조선 후기의 三漕倉 체계 하의 後漕倉址로서 統倉의 소재지였으며, 시금도 '통창골(統倉谷)'로 불리고 있다.

이들 지역 사이에 선운(船運)에 의한 상품 수송이 크게 확대되었다.[29] 이처럼 포구간에 상품 유통권이 유기적으로 연결되면서 19세기 말 무렵으로 내려오면 선박 이용에 따른 이권을 둘러싸고 분쟁이 치열해졌다. 이를테면 독점 상인들이 밀양에서 헐가로 미곡을 매입하여 동래에서 고가로 판매함으로써 민폐를 야기하는 사례도 그 한 경우였다.[30]

개항 후 19세기 말에는 미곡이 부산항을 통하여 일본에 수출되면서 경상도와 전라도에서 산출된 미곡은 낙동강 연안의 객주를 거쳐야 했다. 이들 객주는 낙동강 하구의 원동·엄포·하단 등 각 요지에 산재하여, 상류 지방에서 선박으로 유입되는 화물을 인수하여 이를 부산항의 일본인 무역상들에게 판매하였다.[31]

『택리지』의 지적에서처럼 영남 내륙으로의 낙동강 선운의 기점이자 요충지인 김해 칠성포는 연강 수운(沿江水運)의 기능을 통해 발달한 상품 유통의 중심지였다. 특히 이곳은 강로와 해로가 접목하는 교통 요지였으므로 대포구로 성장할 수 있었다. 원래 낙동강 하류의 본류는 김해 가락-불암창-산산창(蒜山倉)-선소(船所)로 이어지는 현재의 서낙동강이었는데, 명지도(鳴旨島)와 칠점산(七点山) 지역이 상류에서 흘러온 흙으로 퇴적되면서 지류로 바뀌고 오히려 호포-구포-사상-하단을 잇는 수로가 그 본류가 되었다.[32] 이에 따라 깊어진 수심과 해상으로 연결되는 교통로에 유리한 조건을 가지게 되어 상품 유통의 중요한 거점이 되었다.[33]

---

29) 낙동강 水路를 통한 三浪浦-釜山浦의 상품수송이 활발하던 19세기 후반 당시의 운임은 일반 상품 100斤 내지 곡물 5斗의 물품에 18~22錢 정도였다고 한다.『領事館報告』(上) 제512호, 1885년 3월 19일.
30) 『東萊監理各面署報告書』(각사등록 14, 516쪽).
31) 柳承烈,『韓末·日帝初期 商業變動과 客主』서울대 박사학위논문, 1996, 95쪽.
32) 崔震植,「朝鮮時代 洛東江 流域의 經濟活動」『釜山專門大學 學術研究論叢』(1), 1994. 180쪽.
33) 七點山이 토사의 퇴적으로 매몰되어 지금은 海中島의 중앙에 최고봉만 남아 있다는 지적은 잘못된 것이며, 칠점산은 원래 김해 바다 가운데 7개의 바위섬이었고, 세월이 흘러 삼각주가 형성되면서 섬 속에 7개의 산으로 변한 것이라 한다. 칠점산이 있던 곳에는 일제시대 일본의 해군항공대예과 연습훈련소가 들어섰고, 2차대전 말기에 비행장 시설을 확장하면서 3개의 산이 헐리고 4개의 산만 남게 되었다. 그리고 8·15해

한편 19세기에 들어와 포구에서 어물이나 소금 등 물화 유통이 활발해짐에 따라 "各邑海津之無名濫稅"라고 하듯이 정해진 법규의 수세 외에 상인들에 대한 무명세(無名稅)의 남징이 심하였다. 19세기 중반에 북어(北魚) 유통의 기점인 함흥과 원산 덕원포에서는 수월자(手越者)들이 포구의 전례가 없던 북어세를 창출하여 어상들이 실업의 지경에 이를 정도였다.[34] 이러한 포구세를 창출하는 주체는 각궁(各宮)·각영(各營)·각사(各司)·영곤(營梱)·주읍서원(州邑書院)·토반(土班) 등이었고, 그 방식은 절목(節目)을 모작(冒作)하거나 입지(立旨)를 사칭하고 또는 완문(完文)을 사사로이 만드는 등 다양하였다.[35] 이처럼 19세기에는 유통이 활발한 포구에 수세 침탈이 빈번하였다.

적어도 갑오 개혁으로 무명 잡세가 폐지되기 이전까지는 아문·궁방이나 지방 세력가로부터의 상인들에 대한 포구에서의 무명 잡세가 과중하였다. 이는 19세기 후반으로 올수록 심화되어 가는 상황이었다. 이처럼 상인들에 대한 수세가 과중해지자 19세기 말 밀양·삼랑·수산·명리·양산·여수(如水)·구포·물금·원동·용당·김해 등 낙동강 연읍 포구의 상업세 징수를 금지하도록 지시하는 관문(關文)을 내리고 있었다.[36]

2) 김해 가락 지방의 생산 입지와 상품 유통

지역적으로 김해는 인근의 풍부한 농업 생산물을 비롯하여 낙동강 어귀와 바다가 접하는 곳의 소금을 비롯한 해산물의 생산이 중요한 경제적 기반이 되는 곳이다. 수공업에 있어서 특히 김해를 대표하는 것이 제염업(製鹽業)으로 명지도가 천혜의 조건을 갖추고 있었기 때문에, 조선 후기부터 공염장(公鹽場)으로 널리 알려져 있다. 이러한 소금과 더불어 김해 지방의 조세·공물들은 창고를 통해 조운으로 중앙에 상납되었다. 무엇보다도 낙동강의 수운이

방 후 공군비행장 건설로 3개의 산마저 헐리면서 하나의 작은 산만이 35m 정도의 높이로 남아있게 된 것이다. 백이성, 「地名과 그 유래를 찾는 일」 『낙동강사람들』 14호(부산북구 낙동문화원), 2002, 10〜11쪽.
34) 『備邊司謄錄』 250책, 哲宗 14년 정월 16일.
35) 『備邊司謄錄』 250책, 哲宗 14년 3월 20일. 同 251책, 高宗 3년 7월 30일.
36) 『慶尙道關草』 제3책 (각사등록 13), 1892년 10월 23일, 12월 8일.

편리하고 가락이나 칠성포가 수로의 요충지이기 때문에 조운의 발달과 함께 상업이 크게 발달하였다.

무엇보다도 19세기의 상황을 파악하기 위해『경상도읍지』(1832년)에 기재된 김해부(金海府)의 장시와 포구 및 창고, 토산물 등의 항목을 분석하여 사회경제적인 위상과 상업 발달의 조건에 대해서 살펴보기로 한다.

(1) 장시

　　읍장(邑場)(府內場, 2·7장; 김해시 동상동) / 설창장(雪倉場)(4·9장, 30리 中北面; 진영읍 설창리) / 성법장(省法場)(5·10장, 30리; 진례면 산본리) / 신문장(新門場)(3·8장, 20리 柳下面; 장유면 무계리) / 반송장(盤松場)(5·10장, 30리 土也面; 부산시 강서구 구랑동) / 관장(館場)(5·10장, 30리 栗里面; 진례면 산본리)[37]

위의 장시 가운데 설창장·성법장·반송장은 일제 시대에 없어졌고, 그 대신에 대저장이 대저면 사덕리에, 영강장이 명지면 중리에, 녹산장이 녹산면 송정리에 각각 설립되었다. 한편 지금의 장유면 무계리에 있던 신문장이 무계장으로 이름이 바뀌었다.[38] 그 중 반송장은 소멸되면서 인근에 장터를 이설하여 녹산장을 개설한 것이 아닌가 싶다.[39] 관장은 원래 있던 성법장의 이름을 개정한 듯하다.

이처럼 김해부 내에는 6기의 장시들이 설립되어 장시 밀도가 비교적 높았으며, 읍장을 중심으로 주변장들이 개설일을 서로 달리 하면서 지역권 내의 물화 유통과 문화 교류를 소화하고 있었다.

(2) 포구

　　주포(主浦)(남쪽 40리) / 촉진(矗津)(북쪽 40리) / 덕교포(德橋浦)(서쪽 10

---

37) 『慶尙道邑誌』 金海府 場市條; 『林園經濟志』 倪圭志, 貨殖 八域場市條.
38) 『駕洛의 傳統』 김해시, 1983, 219쪽.
39) 양보경·김종혁, 「경상남도의 장시」『慶尙南道의 鄕土文化(上)』 한국정신문화연구원, 1999, 249쪽.

리) / 불암진(佛巖津)(동쪽 10리) / 대산진(大山津)(북쪽 50리) / 도요저(都
要渚)(동북쪽 40리) / 서진(鼠津)(북쪽 40리)[40]

위에 보이는 포구는 대체로 19세기 초까지 물화 교역의 공간 역할을 수행
하던 곳으로 판단되는데, 김해부 내에서도 『경상도읍지』(1832)에는 기재되어
있지 않는 포구를 열거하면 다음과 같다.

> 강창포(江滄浦)(在府南六里), 방포(防浦)(在府西五里源出羅田峴南流
> 入海有石橋), 화성포(花城浦)(在府北三十里洛江南涯流入薪浦有石
> 橋), 동원진(東院津)(在府東四丨里黃山江下流俗稱月堂津), 사산진
> (蒜山津)(在府東三十里), 유등저진(柳等渚津)(在大山津下通密陽), 삼
> 랑진(三浪津)(在府北四十里□津下流通密陽), 포항진(浦項津)(在府上
> 東四十里卽龍塘江下流通梁山), 신증(新增) 신옹포(愼翁浦)(在府西十
> 五里德津上流愼翁柳塘遊於浦上故因以名焉)[41]

19세기 두 읍지의 기록에서 포구수의 차이가 많이 나는 것은 기록과정상
가감이 있었을 수도 있겠지만, 다른 한편으로는 후자의 기록은 선박이 출입
하는 모든 포구를 대상으로 부세운영 차원에서 누락없이 기재했을 것으로 판
단된다. 다만 이들 포구는 정확하게는 알 수 없지만, 아마 19세기의 어느 시
점에 개설된 것이 아닌가 사료된다.

이처럼 김해부에는 10여처 내외의 포구들이 형성되어 있어 수운 교통의 밀
도가 매우 높았으며, 무엇보다도 낙동강 수로와 남해 연안의 해로를 통해 지
역내는 물론 지역간의 상품 유통 체계가 매우 긴밀하게 발달하였다. 바로 여
기 강운과 해운의 요충지에 가락 나루가 위치하고 있어서 조세 공물을 비롯
하여 많은 물화들이 집산되었고, 다양한 상인들이 출입하면서 포구장터의 성
황을 이루었을 것으로 보인다. 유통되는 물화로는 주로 인근에서 생산된 소금

---

40) 『慶尙道邑誌』 金海府 山川條.
41) 『嶺南邑誌』(1895) 金海, 山川條.

과 각종 어물류가 이출되었고, 반면에 내륙의 곡물류가 이입되었을 것이다.

참고로 김해부 내에 역원(驛院)은 폐지된 것을 제외하고도 6처나 되어 경상도 내에서도 많은 편이었다.[42]

(3) 창고

> 읍창(邑倉) / 진휼창(賑恤倉)(모두 읍치 내) / 설창(雪倉)(북쪽 30리) / 해창(海倉)(남쪽 10리) / 산창(山倉)(동쪽 30리) / 산산창(蒜山倉)(동쪽 20리)[43]

여기에는 읍창을 비롯한 각 창들이 봉납해야 할 미(米), 조(租), 태(太), 소두(小豆), 목맥(木麥), 속(粟), 당(糖), 직(稷), 피모(皮牟) 등의 액수가 적기되어 있다. 그런데 여기서 주목되는 것이 바로 해창이다. 해창은 김해 읍치에서 남쪽으로 10리 거리에 있다고 되어 있는데, 19세기 말에 편찬된 『영남읍지』(1895)의 김해 산천조에서 확인되는 포구로서 강창포(江滄浦)가 있는데, 이곳이 아마 해창이 있는 포구마을 일대라 추측된다.[44] 해창에는 당시 전선 1척이 배치되어 있었고, 지자총(地字銃)·장군전(將軍箭) 등 다양한 집물(什物)이 구비되어 있었던 점으로 보아 수진(水陣)으로서의 중요성을 동시에 지니고 있었다.[45]

(4) 토산(土産)

> 水鐵(무쇠) / 藿(미역) / 秀魚(숭어) / 鰒(전복) / 蘇魚(밴댕이) / 白魚(뱅

---

42) 南驛院(동쪽 5리) / 德山驛院(동쪽 37리) / 金谷驛院(북쪽 35리) / 大山驛院(북쪽 50리) / 赤項驛(남쪽 30리) / 省法驛院(서쪽 28리) / 冷井驛院(省法驛으로 이설) / 南亭院, 梨樹院, 黃山院, 興福院, 露峴院, 草嶺院, 北亭子院, 三岐院, 海陽院(모두 지금은 폐지). 『慶尙道邑誌』(1832), 金海府 驛院條; 『嶺南邑誌』(1895), 金海 驛院條.

43) 『慶尙道邑誌』金海府 倉庫條.

44) 지금의 부산시 강서구 죽림동 죽림마을에 海倉의 터가 있다. 이곳에서는 지금도 창터라고 부르고 있다. 조선 후기 1649년(孝宗 즉위년)에 金海府使 朴敬祉가 세운 창고로서 김해 일대의 조세곡식을 여기서 수납하였다. 『내고장 傳統』金海郡, 1983, 33쪽.

45) 『慶尙道邑誌』金海府 水陣軍器條, 「在府南十里海倉 黃字五號戰船一隻 汁物 地字銃三位 木大將軍箭十二箇……」.

어) / 鱸魚(농어) / 鯽魚(붕어) / 文魚(문어) / 靑魚(청어) / 葦魚(웅어) /
大口魚(대구어) / 石榴(석류) / 蜂蜜(꿀) / 烏蛇(먹구렁이) / 白花蛇(산무
애뱀) / 箭魚(전어) / 紫草(지치) / 香蕈(향버섯) / 洪魚(홍어) / 鯉魚(잉어)
/ 箭竹(살대) / 塩(소금) / 半夏(끼무릇)[46]

이처럼 김해부에는 토산물이 다른 군현보다 훨씬 많은 편이다. 그 종류도
바다에서 생산되는 어물류와 소금이 대부분임을 알 수 있다. 이와 같은 물산
이 낙동강 수운과 육운을 통하여 내륙으로 활발하게 유통되었음을 짐작할 수
있다.

(5) 진공(進貢)

人蔘 / 天南星 / 白芍藥 / 柴胡 / 麥門冬 / 乾鰒短引 / 乾加兀魚 /
全鰒 / 蒲黃 / 烏梅 / 乾紅蛤 / 甘菊 / 白茯神 / 生靑魚 / 生雉 / 貫目
/ 早藿 / 乾海蔘[47]

김해부에서 중앙에 진상하는 공물은 인삼을 비롯하여 약초도 있지만, 전복
을 비롯한 어물류가 주요 진상품임을 알 수 있다. 이것은 김해가 해산물이
풍부한 연해 고을임에 따른 지역적 특성 때문이었다. 또한 때로는 부족한 진
상물은 반드시 공무역으로 장시나 포구에서 조달되었다.

이상과 같이 김해부는 비교적 풍부한 물산과 교역품을 가지고 지역적으로
편리한 낙동강 수운을 이용하여 상품 유통이 활발하였다. 가락 포구에서도
김해 지방에서 산출되는 물화들이 다양한 상인 세력에 의해 집산·도매되면
서 해창의 번성을 이루었던 것이다.

---

46) 『慶尙道邑誌』 金海府 土産條.
47) 『慶尙道邑誌』 金海府 進貢條.

4. 맺음말

　조선 후기 경상남도 지역은 농촌의 장시와 연읍의 포구가 긴밀하게 연결되고 동시에 조운로를 이용하여 교통망이 발달하면서 지역(군현) 내부와 지역 간의 상품 유통이 활발하게 이루어졌음을 알 수 있었다.

　우선 유통 발달의 배경은 세곡을 집하·수송하던 조운체계가 토대가 되었는데, 조창의 관할지와 소속읍으로 편성된 지역권은 곧 선상들이 영리를 목표로 임운 활동을 전개하면서 상품 유통망이 촉진되었다. 특히 19세기 말까지도 낙동강과 그 지류인 남강·밀양강 등의 조운로를 따라 상품 수송이 활발하였다.

　경상도 지역은 전국 각도별 정기 시장 수의 분포를 볼 때 가장 많은 편에 속한다. 18세기말~19세기초 장시는 읍치(邑治)의 부내장(府內場)을 중심으로 고을 내 인근 5일장이 체계화됨으로써 소상인들의 생산·유통시장이 확보되어 갔다. 그리하여 각 군현의 5일장권 중에서도 창원, 진주, 울산, 밀양, 동래, 김해, 하동 등 주요 대장시권은 읍내장이나 포구를 낀 장시가 중심장의 역할을 하고 인근 지역권이 주변장으로 기능하면서 순환권을 형성하여 긴밀한 유통 관계가 확립되었다. 즉 각 장시간의 연계 관계가 강화되면서 지역내·지역간의 유통이 결합된 형태로 나아감으로써 광역의 유통권을 형성해 나가고 있었다. 이러한 유통권의 내부에는 지역내 소상인뿐만 아니라 원격지 상인들까지 참여하여 이들에 의해 도고 상업까지 행해지고 있었다.

　장시에서의 경제적 이익은 상인이나 소비자들에게 직결되기 때문에, 경상도의 경우 고을민의 요청에 따라 장터나 개시일자 등이 변경되는 사례를 자주 볼 수 있다. 한편 장시에서의 상품 유통 기능이 증가되면서 지역에 따라 상인에 대한 장세(場稅)의 징수가 문제시되었는데, 주로 각 관아 내지 향교나 서원 등 지방의 권력 기구에 의한 징수권이나 장세 액수 등을 둘러싼 문제들이 야기되었다. 이처럼 장세를 둘러싼 상품 유통에 권력층이 일정하게 간여함으로써 자본이 취약한 농촌 소상인들은 정상적인 거래가 어려울 정도였다.

상업 활동과 수운·해로는 아주 밀접한 관계로 작용하였다. 전국적인 해상 교통망의 발달에 따라 낙동강을 끼고 있는 내륙 포구나 남해안 연해 포구가 유기적으로 연결되면서 내륙 창녕·의령 지역의 마수원진·기강진·박진 등 낙동강 연읍의 주요 포구나 동래 부산포, 창원 마산포, 진주 삼천포·가산포 등 연해의 주요 포구가 긴밀한 유통망을 형성하였다. 가령 삼랑진은 낙동강을 왕래하는 선박과 물화를 교환하는 요충지이자 동북 제읍과 연결되는 상품 집산지였으며, 부산포의 경우 집하되는 상품 중에 낙동강 수운으로 유통되는 비율이 50%나 될 정도였다.

김해 지방의 주요 포구도 인근의 장시와 연계 관계를 기지고 물화의 집산이 활발하게 이루어졌으며, 주요한 유통 상품은 소금·어물류와 곡물류·직물류 등이 상호 매매되었다. 해창이 있던 김해의 가락 포구에도 원활한 수운 교통망을 이용하여 물화의 유통이 활발하게 이루어졌다. 그러한 여건은 김해 지방의 장시와 포구의 체계를 통해서 알 수 있었고, 또 김해부의 재정 창고의 존재와 지역의 토산물 및 중앙에 대한 공물 진상의 물목 등을 통하여 상품 유통이 활발했을 것으로 판단된다.

오광대나 야류와 같은 이른바 연희와 광장의 문화는 조선 후기 이래 농업과 상품 유통이 발달한 당시의 사회경제적인 배경과 밀접한 관계가 있다. 이와 같은 유통의 발달 공간이 바로 정기적인 장시(5일장)나 조세곡이 집산되던 조창(해창)이었다. 당시 장터나 조창은 물건을 사고 파는 사람들이 모여 경제적인 교역 활동을 하거나 조세와 공물을 하역하기도 했지만, 이외에도 많은 사람들이 모여 다양한 문물과 정보를 교류하는 공간이었다.

김해의 가락오광대는 합천 초계 율지리(밤마리)의 대광대(竹廣大)를 비롯하여 함안·통영·고성·사천 가산·수영·농래 등의 오광대나 야류와 함께 발전하였으며, 육로와 수로를 통해 상품 유통이 모두 연결되었기 때문에 그러한 발전의 사회경제적 배경이 유사하다고 볼 수 있다. 경상도에서 지역적으로 볼 때 김해 가락은 낙동강 하구에 위치한 동남 해안권에 속하고, 초0

계·함안은 낙동강이 흐르는 경남의 중부 내륙권에 속하며, 사천의 가산·고성·통영 등은 서남 해안권에 속한다.

이들 지역은 낙동강 수로와 남해안 해로의 요지로서 장시가 개장되었을 때 다양한 생산물이 집산되고 수많은 행상과 객상들이 모여 난장이 이루어졌다. 객주는 상인들에게 숙식을 제공하고 상품의 보관과 중개 및 매매를 담당하였다. 이러한 공간에 장사꾼을 비롯한 많은 사람들을 대상으로 연희가 펼쳐졌다. 즉 조선 후기에 각종 물화가 모이는 육로의 장시나 선박이 닿는 조창 포구에 민속 연희가 크게 발달하였던 것이다.

김해 가락오광대도 낙동강 하류 수운 교통의 요충지인 가락의 해창에서 행해진 대표적인 탈놀음이었다. 이처럼 김해 가락은 수로와 해로가 발달한 지역적 입지를 지니고서 물화 교류가 활발하게 이루어진 곳이었으며, 바로 이와 같은 공간에 가락오광대가 있었다.

양반마당